12岁的滋味好像怪味豆

〔奥〕劳拉·梅利娜·贝林◎著　〔奥〕汉娜·勒德尔◎绘　潜　石◎译

北京科学技术出版社
100层童书馆

目 录

人物介绍

　　塞尔玛是本书的主人公。最近，她常常感觉很烦躁，然而却不清楚到底是因为什么。

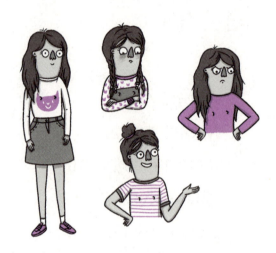

　　爱拉是塞尔玛最好的朋友。她以后想成为一名侦探。她心里藏着许多秘密。

安娜很爱哭，不过这没什么大不了的。她风趣幽默，乐于助人。

阿依达聪明又机灵，十分有正义感。有人遇到危险时，她会挺身而出。

尤努斯的朋友们常常跟他谈论肌肉和女孩，然而他只想安安静静地玩电子游戏。

　　莎拉经常坐公共汽车，喜欢涂指甲油。她很看重私人空间。

卡里姆看起来很好相处，实际上……

扬和**托比亚斯**是两个讨厌鬼。

肿块和巧克力豆

一天，我在卫生间里照镜子时，突然发现胸部长了两个肿块。它们从皮肤上凸起，小小的，丑丑的，摸起来还有些痛。虽然痛感并不强烈，却让我很不舒服。

偏偏这个时候，妈妈不在身边。其实，妈妈总是不在我身边。她在一家航空公司工作，总是出差。妈妈出差的日子里，我只能在晚上和她视频时，在电脑屏幕上看到她，但那可不是讲述我这些身体变化的最佳时机。

我深吸一口气，喊道："爸爸！"

走廊里顿时响起急匆匆的脚步声。没过几秒，卫生间门外就传来爸爸充满担忧的声音："怎么了，塞尔玛？需要我进来吗？"

"不！"我连忙大喊。

"好吧！到底发生什么事了？"

天哪，我该怎么跟爸爸说这件事呢？身体里仿佛涌起一股热浪，冲得我头昏脑涨，我只能茫然无措地盯着镜子。

这些肿块究竟是什么呢？

"塞尔玛？"爸爸又叫了我一声。

"嗯，我在呢，"我鼓起勇气，艰难地开口说道，"爸爸，我身上长了两个肿块。"

"什么?！"爸爸惊恐地喊道，"在哪里？"

"在……胸部。"我把脸埋在手掌间，小声说道。

"啊，塞尔玛，你觉得这会是什么严重的情况吗？"爸爸有些惊慌失措地问。

"我怎么知道！"我有点儿生气，"我连它们是什么都不清楚！"

"肿块有多大？摸上去是硬硬的吗？"爸爸似乎平静了一些，不过凭我对他的了解，他的语气里还是有隐隐的担忧。

"别着急，我现在就给你妈妈打电话。"爸爸匆匆忙忙地离开了。

"我不会去碰它们了。你就算打电话，也可能找不到妈妈！"我喊道。

我无力地坐在马桶上，让后背重重地靠在身后的马桶盖上。我尝试接受肿块的存在，但却失败了。我低下头，但我并不想直视自己的身体。似乎因为羞耻感，我胸部紧绷，脸变得像火炉一样滚烫。为什么我浑身看上去都奇奇怪怪的？我的腿太长了，手臂上还冒出许多黑色的汗毛。每天晚上我都会祈祷，希望自己千万不要变得像爸爸一样。他胳膊上长满了浓密的黑色汗毛，几乎连皮肤都看不到。可是现在，我不只手臂上长出了汗毛，胸部还多出两个肿块。难道我的身体出问题了？

"你妈妈没有接电话。"爸爸的声音突然响起，吓了我一跳。

"我就知道。"我翻了个白眼。

"塞尔玛，"爸爸深深地呼出一口气，"我有些担心你。"

虽然隔着门爸爸看不见我，但我还是点了点头。

"好了，你也别胡思乱想了，没什么大不了的。"爸爸安慰道。

爸爸一直都很害怕我生病。小时候，只要我一咳嗽，他就赶紧带我去看医生。因为他总是怀疑我生病了，妈妈还开玩笑地说他患了"疑病症"。

"我现在该怎么办？"我有些茫然无措地问道。

"这样吧，我们现在就去找哈普医生，看看到底是什么情况。我先给他打个电话。"

哈普医生是一位儿科医生。以前，在我打针前，他总是把一只玩具小鸟放在我的手心。我目不转睛地盯着玩具小鸟，看着它在我的手掌上摇摇摆摆，不知不觉中针就打完了。而且哈普医生那里总有很好吃的糖果，不是狂欢节剩下的那种便宜货，而是裹着巧克力糖衣的高档糖果。

"好的，"我走出卫生间，穿上我的彩色外套，"我马上来。"

在车上，爸爸讲了好几个笑话。每讲完一个笑话，他都满怀期待地望着我，但是我的心情实在太糟糕了，完全笑不出来。

"别担心，塞尔玛。"爸爸又一次安慰我，侧过身子朝我微笑。

"我没担心，让我一个人静一静！"我尖叫道。

我难以控制自己，这些不礼貌的话语脱口而出。我真的很生气，生肿块的气，也生爸爸妈妈的气。为什么爸爸对此无能为力？为什么每一次我需要妈妈的时候，她都不在身边？

爸爸重重地叹了一口气，然后感叹道："进入青春期以后，你就是会发生一些变化。你还记得吗？你九岁的时候，我就跟你说过，总有一天你会觉得你妈妈和我都很讨厌。你可能还没意识到，"他用食指戳了戳自己的大鼻子，"但我已经……"

"闻到了？"我不解地问。同时，我沮丧地想："我的鼻子长得越来越像爸爸的大鼻子了。"

"你真应该读读那本书，书里说，当我们……"爸爸依然说个不停，我有点儿烦躁，把耳机塞进了耳朵，开始听音乐。

爸爸提高了音量，试图让自己的声音盖过音乐声。他朝我喊道："塞尔玛，你现在这样可不礼貌！"但我把音量调得更大，转头望向了窗外。

直到抵达诊所，我都没有搭理爸爸。

哈普医生是一个身材高大、肩膀很宽的男人，他待人非常友好。进了诊所，我满脸通红地坐在哈普医生面前。爸爸也满脸通红，我们像两个熟透的番茄，支支吾吾的，连一句完整的话都说不出。

最后，爸爸还是开了口："哈普医生，您知道的，塞尔玛的妈妈经常出差，而我真的对这些知之甚少。嗯……我当然希望塞尔玛没出什么问题。但是作为父亲，我觉得现在的情况不太乐观，也可能是我担心过头了……"

"爸爸！"我打断他，"你到底在

说什么啊？"

"我想解释清楚发生了什么。"爸爸紧张地说道。

"但事情根本不是你说的那样！"我有些着急。

"塞尔玛，你……"爸爸刚开口，哈普医生就举起了双手，安抚他道："别着急。塞尔玛现在十二岁，正值青春期，身体发生一些变化是完全正常的，你不需要担心。"

我瘫在椅子上，感觉自己从来没有这么尴尬过。哈普医生继续说道："女性的乳房通常在九至十二岁开始发育，不过具体时间因人而异。在此期间，乳头和乳晕开始鼓起。它们以前也在那里，只是现在摸上去会有点儿痛，有点儿肿。一段时间之后，你就会经历月经初次来潮。每个人的情况都不相同，有些人会比其他人发育得快，不过这是非常正常的事情。别担心，塞尔玛，你不需要做任何身体检查。"

我顿时松了口气。感谢哈普医生，我实在不想在这里脱掉衣服做检查，这样太尴尬了。

"我把我同事艾玛医生的电话号码给你吧。她是一名非常出色的妇科医生，接诊过许多青春期的女孩子。当你的身体发生其他变化时，你也可以和她聊聊。等你来月经的时候，你可以挂她的号。"

我才不想去找什么艾玛医生！我才不想来月

经！我一点儿都不想谈论这些，我不想！

"好了！可以走了吗？"我大喊着跳了起来，一把抓起自己的背包，"爸爸，我们快走！"我急急忙忙地去拉爸爸的胳膊，可他没有理我，而是平静地向哈普医生道谢。我在旁边紧张地踱来踱去。

哈普医生从抽屉里拿出糖果罐，冲我笑道："临走之前，再吃一颗巧克力豆吧，塞尔玛。"我望着罐子里包着亮闪闪的金色糖纸的巧克力豆，咽了咽口水，随即把手伸了过去。

"祝你好运！"哈普医生咧嘴一笑，将一颗巧克力豆放到我的手心，然后挥挥手，示意我们可以离开了。我环顾四周，看了看墙上的照片。熟悉的椅子，还有哈普医生光秃秃的后脑勺。巧克力豆化了之后，粘在了我的牙齿上。吞咽时，我感觉喉咙里好像也长了一个肿块。

这是我最后一次去看儿科医生，也是我最后一次吃哈普医生的巧克力豆，当然，这都是后话了。"从今天起，我的胸部开始发育，我后面还要经历月经初潮。"想到这些，我又一次用力咽了咽口水，感觉自己的身体里有重要的变化正在发生。

胸部 和 乳房发育

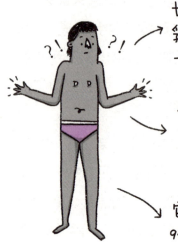

长出小"肿块"是乳房开始发育的第一个迹象。

小"肿块"就是"乳芽"。

它们一般在女生9~12岁时出现。

两侧乳房不一定会发育得完全一样。

这很正常！

也可能根本就没人注意到。

啊！

呼！

在乳房发育的过程
中，如果你感到乳房
发痒或轻微疼痛，都
是 正常 的。

→ 通常在 17~18 岁，乳
房发育成熟。

≈ 然而 ≈

乳房发育的速度有快有
慢，乳房的形状各不相同。

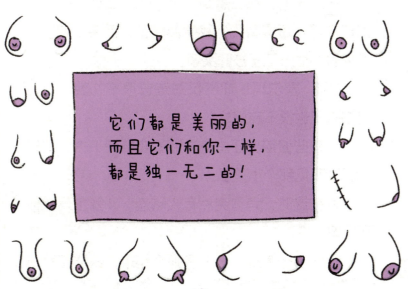

它们都是美丽的，
而且它们和你一样，
都是独一无二的！

回去的路上，爸爸在加油站把车停下，想跟我说说话，但我只想一个人安静地待着。于是，我又把耳机塞进耳朵，把音乐声调得很大。今天发生的所有事情都让我疲惫不堪，我甚至忽略了脑海中一瞬间闪过的向爸爸道歉的念头。

烈日照射在车顶上，我像一块风干的口香糖一样，粘在破旧的座椅上。随着时间的流逝，我感觉越来越煎熬。我的身体开始流汗了，我真的受够了！我小心翼翼地闻了闻自己的腋窝，一股刺鼻的汗味扑面而来。

讨厌！我连忙抓起背包，找到草莓味的清新剂，认认真真地往两侧腋下喷了一通。

透过车窗，我注意到一个小孩坐在饮料机旁边的汽车里，正望着我。我朝他吐了吐舌头，做了一个鬼脸，他一下子被吓哭了。

"啊，塞尔玛！你不仅对爸爸很不礼貌，对陌生的孩子也很不友好！"

我有些懊恼，任由身体顺着座椅滑下去，这样我就看不见那个小孩了。

就在这时，旁边突然有人喊道："塞尔玛，你还好吗？！"

我吓了一大跳，一下子弹了起来，脑袋直接撞上了车顶，耳机都从耳朵里掉了出来。

爸爸小声说道："对不起，我不是故意吓你的。但你戴着耳机，我说话不大点儿声的话，你什么也听不到。"

我生气地摸了摸自己肿了个包的脑袋，怒气冲冲地瞪着爸爸。

估计是为了转移我的注意力，爸爸用手在他的大鼻子前扇了扇，说道："这是什么味道？"

之后，他清了清嗓子，继续说道："嗯……虽然在加油站收到的礼物可能不是最好的，但是当我看到这张明信片的时候，我的第一个想法就是把它送给你。恭喜你，塞尔玛，你现在长大了。"

爸爸塞给我一个旧薯片盒。他总喜欢收集一些旧的空盒子，然后把所有东西都装进去，这样他就不用买购物袋了。

薯片盒里有一张明信片，上面写着："打起精神来！"明信片旁边放着一束鲜花、一块巧克力、一袋小熊软糖、一包卫生巾、一盒卫生棉条，还有一把一次性剃毛刀。

"你可能会需要其中的某些东西，也可能暂时什么都不需要，不过我还是想提前为你准备好。你的月经还没有来，但可能很快就来了。至于剃毛刀，虽然我从不认为女孩或者成年女性应该剃毛，但是我觉得或许你会需要。你妈妈有时候会剃，有时候不会，你可以像她一样，只要自己开心就好。这是你的自由，一切都取决于你。我不希望你因为他人的看法而感到有压力。"

听到爸爸这么说，我害羞极了，简直想立刻捂住耳朵。我用小熊软糖盖住了卫生巾，真希望我永远都用不上它。

我抱住了爸爸，低声说道："爸爸，对不起，我今天不该那样对你。谢谢你为我准备礼物。"爸爸擦了擦眼角的泪，微笑地看着我。

"爸爸，别再哭了。"我感到有些尴尬，俯身在脚边摸索着找耳机。爸爸系好了安全带，发动了汽车。

"好了，我们回家吧。"

公共汽车
和尴尬事 ?!

　　第二天早上，我困得几乎起不来床。每周五我起床都很困难，因为爸爸周五总是很早就去上班了，没人叫我起床。他每次都会给我定三个闹钟，我的卧室里一个，客厅里一个，卫生间里一个。这样一来，为了关掉闹钟，我无论如何都要起床。

　　我烦躁地把头埋进花被子里。这床花被子是去年圣诞节妈妈送给我的礼物，其实我并不喜欢它，但是我不能告诉妈妈。妈妈很少在家，她总是为此感到内疚。我不希望她因为不了解我的喜好而更加内疚。

　　这些闹钟真讨厌！你越无视它们，就觉得它们的声音越响。我从床上一跃而起，冲出卧室，冲进客厅，然后又跑进卫生间，终于把三个闹钟全部关掉了。

昨天晚上，我很不开心。爸爸做了晚饭，吃饭时，他终于不提青春期的事了，却又跟我聊起了妈妈。他问了我很多问题："想妈妈吗？""想多跟她打电话聊聊吗？""妈妈不在的时候，你在家过得怎么样？"……

　　我一个问题都没有回答。妈妈不是出差，就是在外面开会。讨论这些又有什么意义呢？就算我说了想她，她也不会经常回家。爸爸问这么多问题，都耽误我和我最好的朋友爱拉发短信了。

救命！我长肿块了！🐫

什么东西？😳

爸爸带我去看过医生了，医生说我的乳房开始发育了。好讨厌！😭

欢迎加入我们，我也觉得很讨厌，尤其是穿的衣服比较紧的时候。太尴尬了！😭😣

😭😭😭😭

我们明天再聊吧。我爸妈又要把我的手机
收走了。

好！你永远都是我最好的
朋友。🤍🦋

　　放下手机，隔着紧闭的房门，我对爸爸喊了一
声"晚安"就准备洗漱睡觉了。爸爸来到我的房门口，
对我说如果想聊聊，随时都可以找他。不过即使他
这么说，我也不愿意这么做。

　　刷完牙，我疲惫地倒在床上。整个晚上，我都
在做关于骆驼的梦。早上醒来之后，我感到脑袋有
些钝痛。换衣服时，我尽量不去照镜子。我选了一
件十分宽松的毛衣，这样就没有人能看到我胸部的
肿块了。

　　我打开冰箱看了看，里面空空如也。爸爸又忘
了帮我准备三明治了。我只好爬上厨房里的椅子，
把放在柜子顶部的应急储蓄罐拿了下来。我打开储
蓄罐，发现里面还有几块钱，等会儿我可以拿点儿
钱给自己买个小面包。

这时，我的手机响了，是爸爸发来了短信。

抱歉，塞尔玛，我忘记给你准备三明治了。
拿些钱去买吃的吧。

"别担心，爸爸，我已经搞定了。"我在心里回答。之后我拿出一张纸币🐝，从挂钩上取下钥匙，把门锁好，出了门。

我家离学校并不远，但像今天这样的下雨天，我更喜欢坐公共汽车。美中不足的是，公共汽车上总是又拥挤又闷热。

大部分时候，我都能在公共汽车上遇见莎拉。莎拉上小学时，和我在同一所学校。因为她需要坐轮椅，所以班主任霍尔老师让我当她的小助手。无论在课堂上还是课间，我都要协助她做各种事情。不过，莎拉很快就证明，自己完全不需要我的帮助。在学校里，她各方面的表现都比我出色得多。

莎拉比我年长两岁。当时，早上的课是所有年级的学生一起上的，所以霍尔老师认为，我在这段时间里也可以帮助莎拉。没想到，莎拉反而一直在帮助我。我的数学成绩不太好，莎拉经常帮我补习。

尽管莎拉各科成绩都很好，但小学毕业后，她不得不去了一所特殊教育学校，因为其他学校都只有楼梯，没有供轮椅上下通行的坡道。现在，我们只能在公共汽车上碰面。

　　莎拉是个"万事通"，她好像什么事情都知道，所以今天，我特别希望能够碰到她。

　　我今天确实很幸运。在公共汽车上，我看到了莎拉，旁边是送她去上学的护理员。大部分护理员都很友善，包括今天的奈丽。奈丽看到我上车，冲我眨了眨眼睛，随后戴上了耳机。奈丽知道，莎拉很看重私人空间，她喜欢不受干扰地和我聊天。

　　我冲奈丽点了点头表示感谢，然后把背包扔到了车厢地板上，挨着莎拉坐下。

　　"莎拉，我有事跟你说！"我压低声音，兴奋地说道。

　　莎拉拍了拍手："太好了！我好无聊，你快说说看！"

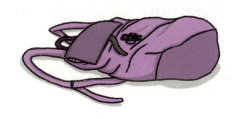

"哇，你的指甲油真漂亮！"我激动地叫道。

莎拉自豪地向我展示她涂着亮闪闪的蓝色指甲油的指甲："是我妈妈帮我涂的。"我低头看了看自己已经被啃掉了一半的指甲，在心里暗想："我也想涂亮闪闪的指甲油。"

"所以到底怎么了？"莎拉迫不及待地追问。

"嘘，这是最高机密。我昨天发现这里开始变大了……"我不动声色地指了指自己的上半身。

莎拉茫然地看着我。我把声音压得更低了，不想让其他人听到："这里有东西正在长大。"

"噢，胸部！酷！"莎拉大笑起来。

"嘘！小点儿声！"我一边发出嘘声，一边紧张地环顾四周，幸好没有看到同班同学。

"对不起！"莎拉也压低了声音，"我清楚，这是最高机密。我也有过类似的情况，之后还来了月经。"谈论这种事情时还能保持从容，我真不知道莎拉是怎么做到的。

"真的吗？"我好奇地问道，"你感觉怎么样？"

莎拉耸了耸肩，说道："有些烦人，但也没那么糟糕。"

"不知道为什么，我总觉得接受不了。"我有些沮丧地垂下头。

莎拉把指甲闪闪发光的手搭在我的肩膀上，安慰我道："没那么糟糕，别担心！"

"我才 12 岁啊！"我重重地叹了口气。

"是时候了！"莎拉把头发捋到耳后，冲我一笑。今天她的耳环也闪闪发光。为什么我身上没有任何闪闪发光的东西呢？

"先是乳房发育，然后你会来月经。话说……你接过吻吗？"莎拉故作神秘地说道。

我震惊地盯着莎拉："什么？"为什么现在提到接吻了？和谁？我才不想亲吻任何人！

这时，公共汽车突然一个急转弯，我们俩瞬间挤在了一起，咯咯地笑出了声。

"其实，关于接受身体变化这件事，你不必给自己太大的压力，每个人的情况都不一样。多给自己一点儿时间，慢慢来。"头顶上方突然传来的声音让莎拉和我都吓了一跳。我抬起头，看到奈丽已经摘下了耳机，正朝我们点头。

"你不该偷听我们说话！"莎拉生气地说。

奈丽笑道："我不是故意的。"

莎拉依然有些不快："你又不是我们的妈妈。

我生气，是因为我很少真正拥有私人空间。"

"对不起，莎拉。不过我希望塞尔玛听了我的这些话，可以放松下来。"奈丽带着歉意笑了笑。

莎拉看上去依然很生气。奈丽故意露出楚楚可怜的神情，把我们都逗笑了。

公共汽车到站后，奈丽朝我点了点头，说道："塞尔玛，你该下车了。我保证，以后未经你们同意，我不会听你们聊天了，好吗？"

我点了点头。公共汽车停了下来，我亲了亲奈丽的脸颊，她笑着回应我。我朝她挥挥手，然后抓起背包，跳下了公共汽车，蹦蹦跳跳地走向教学楼。

福尔摩斯小姐和名单

　　我们班的教室在走廊尽头。我一边往教室走，一边用力甩被雨水淋湿的头发。不过很快我就停下了动作。如果别的同学看到我像被淋湿的小狗一样甩掉雨水，肯定会嘲笑我的。尤其是扬和托比亚斯，他们从小学开始就和我同班，总喜欢嘲笑别人。

　　有一次，我剪了短发，我一点儿也不喜欢这次的发型，总觉得在这个发型的衬托下，我的脑袋看上去就像一条长长的面包。我把我的苦恼告诉了好朋友尤努斯。没想到，尤努斯没管住自己的嘴，把我的苦恼告诉了扬和托比亚斯，他们叫了我好几个月"小面包"。过了好久，我都没有原谅尤努斯，尽管他已经道了无数次歉。

　　我不动声色地捋了捋自己的头发，尽可能放松地穿过走廊。突然，我听到教室里传来了激动的吼叫声和响亮的哭声。发生什么事了?

　　我走进教室的时候,差点儿被正往门外冲的安娜撞倒。安娜眼眶红红的,低着头,呜咽着向我道歉:"对不起。"然后,她像一阵风一样冲向卫生间。

　　"没关系,安娜!"我在她身后大声喊道,然而,她已经用力把卫生间的门关上了。

　　教室里,阿依达正朝着卡里姆、扬和托比亚斯大喊大叫。除了扬和托比亚斯,卡里姆是我们班最喜欢嘲笑别人的人,我几乎不和他说话。像对待扬和托比亚斯一样,我每次碰到卡里姆也都会绕道。

　　阿依达手里捏着一张纸条,正愤怒地挥个不停:"是你们干的吗?"她大吼道。

　　可那三个男生只是笑着,假装无辜地说道:"不知道你在说什么,我们可什么都没做。"

阿依达缓慢而坚定地向那三个人走去，警告道："如果你们再这么对我，对其他任何人，或者再做出类似的事情，我就……"

"你就怎么样？"托比亚斯放声大笑，"你能怎么样？"

阿依达气得直跺脚，男生们却笑得愈发肆无忌惮："哎哟，我们太害怕了。"无可奈何之下，阿依达转身抓住了爱拉的袖子，想把她拉出教室，爱拉抓住了我的袖子，把我一起拉了出去。

"我们要去哪里？到底发生了什么事？"我一边跟跟跄跄地跟在她们身后，一边问道。

"你马上就知道了。"说着，阿依达像安娜一样走进了卫生间。其实在此之前，我跟阿依达还有安娜并没有打过什么交道。我就这样被爱拉拽着，和她一起走进了有些脏兮兮的卫生间。

"安娜？"阿依达一边喊，一边从卫生间隔间的门底下往里看，"出来吧，安娜。"

一番寻找之后，我们听到了从最后一个隔间里传来的抽泣声。安娜声音发颤，小声说道："我想一个人静静。"

阿依达轻轻敲了敲门，温柔地安慰道："出来吧，安娜，别被他们打败了。"可是安娜哭得更大声了。

我看向爱拉，她朝我耸了耸肩。

从小学开始，爱拉就是我最好的朋友。一年级开学第一天，我既害怕又紧张，早上直犯恶心。在新的班级里，我连一个熟悉的幼儿园同学都没有，感到十分孤独和不安。

选座位时，一个女孩冲我甜甜一笑，我立刻坐到了她旁边，她就是爱拉，只是当时我还不知道她的名字。只见她从大大的书包里拿出一大块巧克力递给了我。我感到非常不好意思，连忙把自己那块小得可怜的巧克力丢到了桌子下面。它是爸爸匆匆忙忙从超市买来的。没想到，爱拉却把它从桌子下面捡了起来，还说她觉得包装纸上的海盗特别酷。那一刻，我下定决心，我一定要和她成为最好的朋友。

幸运的是，我做到了。我们一起升学，几乎形影不离。我帮她教训那些欺负她的坏男孩，而她总是和我分享巧克力以及她的小秘密。

此时此刻，站在我面前的爱拉看上去有些困惑。她试图把事情的来龙去脉搞清楚，于是开口问道："阿依达，这张纸条是从哪儿来的？上面到底写了什么？”

　　阿依达把身子转向我们，沮丧地靠在卫生间隔间的门上，说道：“今天我值日，我是在打扫教室的时候发现它的，你们看。”说着，她拿出了那张皱巴巴的纸条。

　　爱拉把纸条捋平，我迫不及待地凑过去看。

　　“这可能是一条重要线索。”爱拉捏着纸条说。她一直对侦探故事很痴迷，梦想以后能成为女福尔摩斯。

　　“我们想找出事情的真相，而这张纸条就是一条线索。”爱拉又冲我眨了眨眼睛。

　　我笑了笑，说道：“好的，福尔摩斯小姐，我们快看看纸条上写了些什么吧。”

　　爱拉这才低头去看那张已经被捋平的纸条，边看边对我说道：“好的华生，纸条上写的是——”

梅莉 10分 非常棒！

阿依达 不好说 无聊

艾玛 3分

塞尔玛 6分

阿米拉 4.5分 讨厌！

安娜 又胖又丑 -10分

劳拉 10分

越往下看，爱拉就越愤怒，阿依达也气得满脸通红。

"这上面写的都是什么啊？！"我盯着纸条惊呼道。

"显而易见，我们被欺负了，"爱拉义愤填膺地说道，"有'犯罪事件'发生了，我们要解决它。这可是个很棒的侦探任务。"

"没错，我们被欺负了！我们不能就这么善罢甘休！"阿依达喊道。

"什么？"我还是没有反应过来，"这到底是怎么回事？我不懂，他们为什么要给我们打分？为什么我只得了6分，而劳拉的分数却那么高？"

爱拉低头看向地板，喃喃道："我也不知道，不过这些其实无关紧要。"

"确实。"隔间里的安娜附和道。

我一头雾水，不甘心地又问了一次："那为什么我只有6分？"

阿依达叹了口气，说道："塞尔玛，他们打这些分数是毫无依据的。无论你得了6分，还是得了10分，都不要在意。"

"还有-10分！"安娜隔着门喊道。

"-10分实在是太过分了！完全不符合实际情况！"我试图安慰安娜，"如果让我来打分，我会给你打 10 分。"

"我们根本就不该给自己打分！我们又不是宠物比赛上的小猫小狗。"

我摇了摇头："我还是不懂。"

阿依达苦恼地用双手抱住了头："怎么说呢？我们其实正在被别人评价。他们给我们打了分，对我们的外貌品头论足。"

我耸了耸肩，说道："可我确实也想变漂亮。"

"是的，不过你先问问自己，为什么会这样想。"阿依达一边说，一边轻轻点了点我的额头。

"我不知道，"我困惑地说，"这个想法好像自然而然就冒出来了。"

"不，不是这样的，这背后一定是有原因的。"

爱拉打断了我们的对话："好了，我们先冷静一下，捋一捋现在的情况。现在，我们每个人都觉得这张纸条上的内容让我们不舒服，让我们感到被冒犯了，对吧？"

阿依达和我都点了点头。安娜吸了吸鼻子，小声说："是的。"

"最重要的是，我们不能忍气吞声，当作什么事情都没有发生。所以，我们必须找出这张纸条究竟是谁写的，让他道歉！"

见我们都点头应和，爱拉继续说道："一名优秀的侦探在破案时，往往会寻求别人的帮助。我们告诉警察，不对，我是说，我们先把这件事告诉老师吧。"

我摇了摇头："这不是告状吗？"

"不，在'不被欺凌'的活动中，老师反复强调过，被欺负时，我们应该第一时间告诉他们。"

"不被欺凌"是上学年举办的一场活动。当时，爱拉和我探讨的主题是网络暴力，我们还进行了演讲。糟糕的是，在演讲的时候，扬和托比亚斯在前排偷偷朝我们扔嚼过的口香糖。太恶心了！可是布洛姆老师却熟视无睹，他不是看天花板，就是扯自己的胡子。

想到这件事，我连忙说："我们千万不要去找布洛姆老师。"

爱拉也认同："和布洛姆老师说，还不如和这里的马桶说呢，他根本不关心我们。"

隔间里传来了低低的笑声，安娜被逗笑了。真好，至少她现在不再哭了。

"或许我们可以去找一位女老师，比如英语老师休贝娜。不仅如此，我们还可以分析到目前为止已经掌握的所有线索，辨别一下纸条上的笔迹，再找一些人问问。不管怎么说，我们现在已经有思路了。"爱拉跃跃欲试。

"我们还是别再说调查、分析这样的词了吧。"

"不行！这可是我这么多年来遇到的最有挑战的案子了！"

其实到目前为止，爱拉只"侦破"过两件"案子"。一次，爱拉丢了一支笔，最后在她哥哥那里找到了，

她却得意地宣称自己"侦破了一起盗窃案"。另一次，爱拉以为她的邻居要把一个神秘包裹藏到某个地方，而那个包裹很可能与敲诈有关。我们冒着大雨，偷偷在她的邻居身后跟了一个多小时。没想到，最后我们跟到了邮局，看到她的邻居拿出那个包裹，还往上面贴了一张圣诞老人贴纸。原来，那个神秘包裹只是一件圣诞礼物。

经历了这两件事之后，我对爱拉所谓的"破案"就提不起兴趣了。

安娜还是不愿意从卫生间隔间里出来，于是我们决定以身体不适为由，帮她跟休贝娜老师请假，晚些时候再来接她。

尽管阿依达说她已经知道是谁写的纸条了，爱拉还是想找到确凿的证据，查明真相。她要求我们从所有主要嫌疑人，也就是班里的所有男生那里收集他们的"字迹样本"。因为她确信，这件事不可能是女生做的。

我不明所以。"字迹样本"应该是什么样的呢？听了爱拉的解释我才明白，我需要收集一些上面写了字的纸，然后，爱拉会将这些纸上的字迹与纸条上的字迹进行对比。

我打算先从跟自己最要好的男生尤努斯入手。这对我而言轻而易举，因为他是我同桌。虽然我非常确信，尤努斯绝不会做这种事，但爱拉还是说："只有经过确认，你才能相信他，因为坏人往往是你最意想不到的那一个。"

我们一起轻手轻脚地向教室走去。上课铃已经响过很久了，如果我们被发现上课时还在走廊逗留，麻烦就大了。

我们小心翼翼地敲了敲教室的门。

"进来！"休贝娜老师怒气冲冲地喊了一声。

"糟糕，她的心情不太好。"阿依达低声嘟囔着，做了个鬼脸。爱拉和我缓缓推开了门。

"哟，姑娘们终于回来了？快回座位，快点儿！"休贝娜老师用力指了指我们的座位。

"休贝娜老师，"爱拉一脸歉意地说道，"您能出来一会儿吗？我们有很重要的事情跟您说。"

休贝娜老师哼了一声，然后说道："好吧。不过我希望你们能好好解释解释，为什么上课迟到，还打断我讲课！"说完，她又转头严厉地向班里的同学们喊了一句："大家保持安静！"

休贝娜老师走向我们。关上门的瞬间，教室里就喧闹起来。她眯起眼睛，深吸一口气，对我们说：
"好了，请你们快点儿说吧。"

阿依达语速快得像连珠炮一样："休贝娜老师，他们列了一张关于女生的名单，这是欺凌！这肯定是托比亚斯他们干的。我们不想这样被他们欺负，您一定要帮帮我们。"同时，爱拉把纸条递给了休贝娜老师。

"好吧，姑娘们，男生就喜欢这么做。我看得出来，你们很生气，但你们不该因为这件事打断我上课。对了，安娜在哪里？"

听了休贝娜老师的话，我十分震惊。"就是因为这件事，安娜感觉糟糕极了！"说完，我指了指名单，"您没有仔细读读上面的内容吗？"

休贝娜老师长长地呼出一口气，说道："我觉得这没什么大不了的。这件事确实不该发生，但我也不知道究竟是谁干的。我现在真的要回去继续上课了。你们的第一次随堂测试就在下周，考试可比什么纸条重要多了。你们的全部精力都应该放在学习上。"

我们都愣住了。

"但是……"爱拉一时语塞。

"我们不能忍受！这是欺凌！"阿依达大喊道。

休贝娜老师摇了摇头，说道："是谁教你们说这些话的？别往心里去，这只是男生的恶作剧而已。现在，你们三个赶快回教室，不然放学就都留下来。塞尔玛，请你现在就去把安娜找来，立刻就去！"

我们面面相觑。阿依达请求道："我们三个能一起去找安娜吗？她真的很不舒服，我们都很不放心她。"

教室里突然传来椅子撞击墙面的响声，休贝娜老师吓了一跳。

"你们快点儿！"她喘着粗气催促我们，然后转身走进教室，砰的一声关上了门。

"都给我安静下来！"她大喊道。

爱拉摇了摇头，叹了口气："怎么会这样？"

"看来，休贝娜老师是帮不上什么忙了。"阿依达一边说一边向卫生间走去，我们也赶紧跟了上去。

"安娜，"我小心翼翼地敲了敲安娜所在隔间的门，低声说道，"你现在感觉好一点儿了吗？休贝娜老师有些生气，我们得赶紧回去上课，不然我们放学都要被留下来了。"

安娜一言不发，缓缓打开了门。她的眼睛肿得很厉害，脸上满是星星点点的泪痕。她照了照镜子，沮丧地说道："这下好了，他们还可以再给我扣10分。"

"别理他们！"阿依达生气地说道，"他们根本什么都不懂！"

"可是你们看我的脸……"安娜的眼眶里又蓄满了泪水。

"等一下，"爱拉一边说，一边在她的外套口袋里翻找，"我这里有一些消肿的乳霜，你可以试试看。"

"谢谢。"安娜把黏稠的乳霜抹在眼睛下面。

"给你，这也有帮助。"我把我的遮瑕膏也递给了她。这是妈妈送给我的礼物，虽然我并不化妆，但我总是把它放在口袋里，需要的时候用它来遮盖青春痘。

安娜把乳霜还给爱拉，又用了我的遮瑕膏。爱拉还帮安娜理了理头发。

"我感觉好多了。"安娜笑了笑，她看上去没那么伤心了。我们告诉安娜，休贝娜老师并不会帮助我们。

"她根本没把我们的问题当回事儿。"阿依达叹了口气。

"我们要靠自己！"爱拉坚定地说道，"福尔摩斯要开始行动了！我要让那些坏家伙为自己的罪行付出代价。谁想和我一起？"她伸出手，手掌向上摊开，满怀期待地看向我们。

阿依达迅速把手放在爱拉的手上面，安娜也害羞地把手放了上去。随后，她们每个人都看向了我。

"好吧，"我也把手放了上去，"我也加入。"

爱拉数到三，我们都把手挥向空中，然后欢呼雀跃地向教室跑去。

妈妈、小丑
和月经

　　早上，我满脸倦意地从床上爬起来。爸爸正哼着歌，在厨房里准备早餐。

　　幸好今天是星期六，不用上学。我迅速检查了一下我的肿块，所幸它们跟昨天相比，似乎并没有变大。

　　厨房里，新鲜的面包、咖啡还有果酱的香气混合在一起。我每年都会和爸爸一起做接骨木果酱。我们时不时还会尝试做焦糖牛奶口味的糖果，不过迄今为止还没成功。

　　爸爸正一边听着古典音乐，一边摇摇摆摆地跳舞。这时，我意外地看到了另一个身影。

　　"妈妈！"我喜出望外，大声喊道。

　　妈妈转过身，满脸笑意："塞尔玛，我的小宝贝，你终于醒了。"

我迫不及待地奔向她，问道："妈妈，你怎么回来了？"妈妈紧紧抱着我，温柔地抚摸着我的头发。她刚刚洗过澡，身上还散发着沐浴露的气味。

　　"我临时请了假。"妈妈笑着答道。

　　"太好了！"我把妈妈抱得更紧了，她深色的长发拂过了我的脸颊。

　　"不过只请了一天，明天我就得去上班了，因为我们正在测试一条新航线。对了，塞尔玛，我买了正在巡演的马戏团的票，今天我们一起去看马戏表演吧。"

　　我松开抱着妈妈的手臂，往后退了一步，生气地瞪着她，冲她大喊道："可是我和尤努斯已经约好了！"

　　"塞尔玛，妈妈只回来一天。"爸爸一边说，一边在我面前放了一个盘子。

　　"那不是我的问题！我想去和尤努斯玩游戏，我已经盼了整整一周了！"

　　"可是，塞尔玛，"妈妈坐到我旁边，把一个小面包放到我的盘子里，"你们随时都可以一起玩游戏啊。"

　　"才不是这样的！"我大声反驳道，"尤努斯很忙，我好不容易才和他约好了时间。而且我早就不是三岁小孩了，我不喜欢马戏团，我对马戏不感兴趣！这些你都不知道，因为你总是不在我身边！"

正在涂果酱的爸爸吓了一跳，他手里的餐刀差点儿掉了。他有点儿不满地对我说："塞尔玛，你为什么要喊得那么大声？"

我失望地瘫坐在椅子上，双臂交叉放在桌子上，生气地盯着妈妈。妈妈又摸了摸我的头发，她没意识到其实我并不喜欢这样。

"塞尔玛，如果今天我们一家人不在一起，我真的会非常难过的。快吃早饭吧，我们半小时后就出发。"

在爸爸妈妈看来，这件事似乎没有商量的余地，此时已经没有人关心我的意见了。我沮丧地咬着面包，只能听之任之。

我的情绪从来没有这么糟糕过。马戏表演开始前，在马戏团的帐篷外，我没跟爸爸妈妈说一句话。欢乐的气氛、香甜的爆米花、吵闹的音乐和孩子都让我很烦躁。带着满腔怒火的我与周围的一切格格不入，我只想自己一个人静一静。

一个小丑摇摇晃晃地朝我走来，一边在我面前来回挥舞画笔，一边不停地大声问我："你想在鼻子上画一个红点吗？"

"不想！"我转身跑开，小丑却紧追不舍，嘴里还不停地重复着同样的话。他离我越来越近，那支笔眼看就要碰到我的鼻子了。我尖叫起来："我都说不想了！"

小丑吓了一跳，向后退了一大步，举起双手，做出投降的姿势："那好吧。"说完，他又去追赶另外一个孩子了。

看来，我和爱拉前阵子在自我保护课上学的东西还是挺有用的，我得意地想。

不过，妈妈明显不是这么想的，她生气地对我说："塞尔玛，你怎么这么没礼貌？这个小丑只是在跟你开玩笑。"

"我觉得这一点儿也不好笑。"说完，我转过身，大步向马戏团的帐篷走去。我听见身后的爸爸在劝妈妈："其实，塞尔玛能明确表达出自己不愿意，也挺好的。"

"话虽如此，可她什么时候变得这么没礼貌了？"

"这就是青春期。"爸爸宽容地说道。

我停下脚步，转身看向他们，辩解道："跟青春期没关系，没有礼貌的明明是那个讨厌的小丑！"说完，我头也不回地走掉了。

"塞尔玛，看看你这个样子！"妈妈也生气了，"你怎么能这么跟我们说话？！"

演出期间，我全程都盯着手机，和尤努斯发信息，幸好他明天也有时间。我对马戏表演毫无兴趣，这让爸爸妈妈都感到很失望。虽然我能理解爸爸妈妈的好意，但我就是没办法打起精神来，因为根本没有人问过我想不想来这里。

当一位女演员邀请观众骑着小马绕场一周时，爸爸妈妈都一脸期待地望着我，妈妈还对我说："去试试吧，你不是很喜欢骑马吗？"

我呆呆地看着她。我唯一一次骑马是在五年前，我七岁的时候。说实话，我并不喜欢骑马。而且我根本没法想象，还有什么事情比在上百位观众面前骑马绕场一周更让人难为情。

"我不想去。"我蜷缩在椅子里。

妈妈很失望，爸爸摇了摇头，他也不知道该说些什么。

看完马戏表演，我们一起去餐厅吃饭。去小便时，我一如既往地端正地坐着。之前在尤努斯家，他妈妈米娜跟我讲解过，小便时，正确的姿势是很重要的。如果姿势不正确，肌肉可能无法放松下来，尿液也可能无法一次性排空，久而久之，甚至会引起炎症。

米娜阿姨虽然不是医生，但她懂很多生理知识，而且她总会滔滔不绝地给你讲解这些知识，虽然有时候会让人有些尴尬。

我妈妈得过一次膀胱炎，当时她真的很痛苦。我可不想得膀胱炎。听了米娜阿姨的话以后，我小便时一直都坐得很端正。

突然，当我无意间瞥到自己的内裤时，发现有什么不太对劲。啊，不！那是什么？

内裤的中央，有一块小小的、红褐色的斑。是月经吗？也许是，也许不是。我十分紧张，泪水瞬间涌了上来。

"妈妈！"我大叫一声，然后惊恐地用手捂住了嘴巴。我完全忘记了自己现在在餐厅里，并不在家里。

妈妈听到了我的喊声，没过多久，

她就惊慌失措地跑了过来，隔着卫生间的门喊道："塞尔玛，发生什么事了？"

"我也不知道。"我懊恼地说。

"到底发生了什么？"妈妈深吸了一口气，"你弄伤自己了吗？"

"没有，但是我……流血了。"

妈妈似乎明白了，平静下来，柔声问道："我能进来吗？"

我下意识地就想大喊"不要"，但还是尽力控制住自己，打开了门。妈妈低头看了看我的内裤，我感到十分尴尬。

"别慌，塞尔玛，你来月经了。"

我惊恐地看着她。我虽然已经有了预感，但还是期盼能听到另一种答案。

"这很棒啊！"妈妈满脸笑意地对我说，"这说明你已经长大了，我们应该好好庆祝一下。吃完晚饭我们去购物吧。"

"什么？不要！"我表现得十分抗拒。

"你不想去购物吗？"妈妈有些不解地问道。

"想去购物，"我回答道，"但我不想成为女人！就算要成为女人，也不是现在，我才十二岁！这根本不值得庆祝！我流血的时候，感觉糟透了！"

关于膀胱的知识

膀胱所在的位置如下图所示。

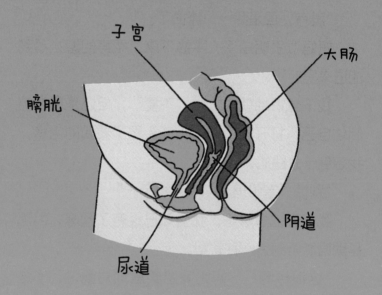

子宫　大肠　膀胱　阴道　尿道

膀胱疾病

↓

←如膀胱炎

女性的尿道比较短，所以细菌容易从尿道进入膀胱，引起炎症。

小提示

小便后，要用干净的卫生纸从前向后擦拭。

这样，肠道里的细菌就不容易进入尿道了。

注意！

小便时要自然蹲坐，身体不要悬空。

否则肌肉会一直紧绷。

尿液可能无法彻底排空。

你会频繁地上厕所。

注意！

多喝水，并且只在真正有需要时才去上厕所。

我的泪水夺眶而出。妈妈叹了口气，温柔地抚摸着我的手臂，说："塞尔玛，我能理解你的感受。我第一次来月经时，我妈妈只是给我拿了一片卫生巾，之后就再也没跟我提过这件事。正因如此，我希望我们可以用不一样的方式来对待这件事。我们一起去买一些卫生巾吧，你肯定能买到让你觉得舒服的卫生巾。之后，我们还可以在商场里逛一逛，喝一杯红糖姜茶。"

　　我吸了吸鼻子，用手背擦掉了眼泪："爸爸已经帮我买过卫生巾了，但我根本不知道怎么用。"我小声说道。

　　妈妈递了一叠折好的卫生纸给我："你可以先把它们垫在内裤里。这没什么大不了的，一切都会好起来的。"

　　"但愿如此。"我接过了卫生纸。

　　这一天剩下的时间，我过得非常愉快。妈妈给我买了一件新衬衣，还带我去吃了好多好吃的。之前，妈妈从来没有像今天这样花这么多时间陪我逛商场买东西。

　　晚上回到房间，我不禁回想起过去。在很长一段时间里，爸爸都没有工作，妈妈的收入也很低。后来，她成功进入一家航空公司工作。从那时起，一切都变了。我们突然有了很多钱，可以去喜欢的地方旅行，想买什么都不成问题。只是，做这些事情时，妈妈都没办法陪着我了。

我躺到床上，靠在抱枕"小草莓"上，悄悄问自己，到底是有钱更好，还是有妈妈的陪伴更好？

就在这时，妈妈试探性地敲了敲门，然后走了进来："塞尔玛，我来和你道个别。"

"哦，明天你又要走了。"我失望地把脸埋进"小草莓"里。

妈妈深深地叹了一口气，继续说道："宝贝，你是不是因为我很少在家而生我的气？"

我把脸埋得更深："可能吧。"

"我能理解，"她又叹了口气，坐到了我的床边，"我也希望能有更多的时间陪你，但很抱歉，我现在还做不到。"

我沉默不语。

"我和你爸爸谈过，等我完成现在的项目后，会尽量少接些项目，那样就能抽出更多时间陪你了。"

我依然沉默不语，紧紧抱着"小草莓"。虽然"小草莓"不是一个很有创意的名字，但这个名字毕竟是我五岁时给它起的，你不能对那时的我期望过高。

"下次我会在家待得久一点儿，这样你就不用重新和朋友约时间了，好吗？"

"好吧，"我嘟囔道，"其实也没那么糟糕。"

"这次确实是妈妈不好。塞尔玛，你有生气的权利。"妈妈亲了亲我的后脑勺，温柔地抚摸着我的背，"即使成年人也不能保证永远不犯错。你要记得，我爱你，我想经常见到你。"

"我也是。"

妈妈听到后，微笑着说："你的小腹痛吗？女生来月经时，小腹可能会感到胀痛，这是很正常的。如果你需要，我可以给你准备一个热水袋。"

我摇了摇头，对妈妈说："我不痛，谢谢你。不过妈妈，月经真的每个月都会来吗？"

妈妈点点头，答道："是的，每个月都会来。来月经确实会让人很疲惫。不过，正是因为来月经，我才能生出你。这件事其实是很美好的。"

我嘀咕道："我现在可不想要孩子。"

妈妈笑着说道："现在聊生孩子的事确实为时过早。不过，关于月经，你有任何想知道的事情，都可以随时来问我。"

"我为什么会流血呢？"

"老师没有讲过吗？"妈妈惊讶地看着我。

"我当时很排斥这个话题，没有仔细听。"我承认道。

"好吧，"妈妈说道，"这个过程有点儿复杂。每个生理周期，你都会排出卵子。如果卵子没有和精子结合形成受精卵，那么子宫内膜就会脱落，通过阴道排出，这就是经血。"

"为什么小腹有时会痛？"我又问道。

妈妈思考片刻，说道："原因有很多。子宫为了排出经血而过度收缩，就可能会引起疼痛。另外，如果你太紧张了，可能会使疼痛加剧。"

我捂住了耳朵："今天说这些就够了，我不想再听下去了。"

我翻了个身，闭上眼睛。妈妈对我说完"晚安"就出去了，然后我就睡着了。

关于月经的知识

月经初潮的时间不是固定的.

有些人第一次来月经时12岁.

也有些人
9 岁……

或 16 岁.

这都是正常的!

月经初潮意味着你开始具备生育能力.

也就是说

理论上，你的身体已经为怀孕做好了准备.

大约每隔一个月就有一个
（少数情况下不止一个）卵
子会离开卵巢，来到输卵管。

 月经周期平均
为 28 天。
→循环

 经期可能持续
3~7 天。

示意图

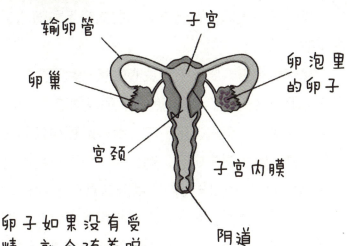

输卵管

子宫

卵巢

卵泡里
的卵子

宫颈

子宫内膜

阴道

卵子如果没有受
精，就会随着脱
落的子宫内膜排
出体外。

子宫内膜是子宫为
受精卵提供的温暖
舒适的"住所"。

 **这是
正常的!**

57

说唱歌手和小饼干

第二天一大早，我起床之后立刻蹑手蹑脚地溜进了卫生间。

我犹豫再三，终于下定决心去换一片卫生巾。我小心翼翼地关上了卫生间的门，朝马桶走去。

我深吸了一口气。接下来，我必须直视自己的内裤，并且换上卫生巾了。啊！谁能想到我会流这么多血？！尽管妈妈昨天告诉我流血意味着我长大了，但是此时此刻，我实在没有心情去想这些。为什么长大了就要每个月都流血呢？我可没觉得这有多美妙，我一点儿都不想面对。

一抬头，我突然发现，不知是爸爸还是妈妈已经把卫生巾装在了一个彩色的小盒子里，盒子旁边还摆了一些卡通玩偶和鲜花做装饰。

我惊慌失措地抓起小盒子，满脸通红地把它藏到了毛巾后面。眼不见为净，我可不想一进卫生间就看到这些。这时，门外传来了犹豫的敲门声。

"唉！在家里，我永远没办法安安静静地独处两分钟。"我在心里抱怨道。

"什么事？"我有些生气地问道。

爸爸隔着门，压低声音说："我也不想打扰你，但是……"

"爸爸！"我打断他的话，"你说话声音太小了，我听不见。"

"啊，我知道了，"爸爸清了清嗓子，提高了音量："我把全部东西，嗯，就是你们昨天买的东西都放在里面了。你看到了吗？"

"看到了。不过现在，我需要一些私人空间。"我冲爸爸喊道。希望这样做，爸爸能让我在卫生间里安静地待一会儿。其实，我心里感到十分内疚，觉得自己不应该对爸爸发脾气。

"当然没问题！"爸爸答应着走开了。

"谢谢！"我又对着爸爸喊道。我知道他很努力地想帮我，可我只能独自面对。

使用卫生巾也不是特别难，我很快就搞定了。只要把旧的卫生巾卷起来，有胶的那一面朝外，丢进垃圾桶里，再把新的卫生巾贴好，就完事了。

几个小时后，我坐在了尤努斯的房间里，我们终于可以玩游戏了。

此时此刻，我虽然表面上装作若无其事的样子，但其实心里还是有点儿紧张，担心尤努斯会察觉到什么。来月经的时候，其他人会看出些什么，或者闻出些什么吗？

我偷偷瞄了尤努斯一眼，他正全神贯注地玩着游戏，似乎什么都没注意到。突然，他拂开垂到额前的一缕头发，喊道："喂！塞尔玛，集中注意力！"我连忙转过头去看屏幕，发现已经掉了好几颗心。真糟糕！

尤努斯和我一直都住在同一栋楼里。有一次，他把我的新发带偷走了，我愤怒地踢了他一脚。他也很愤怒，对我做了同样的事情。为此，我和他都承受了无与伦比的疼痛，只能蜷缩着身体呻吟。不打不相识，我们后来成了最好的朋友，几乎每天都见面。

楼下有公园和运动场，我们以前常常在那里玩追赶游戏。不过最近，他越来越频繁地和班里的男生一起出去玩，而我对那些男生实在没什么好感。他说其实他也不愿意去，只是因为他妈妈经常邀请那些男生来家里玩，他不得不回应他们的邀请。

尤努斯的妈妈米娜阿姨真的很热心，她总能给我提一些很实用的建议，比如上次的"小便注意事项"。她的厨艺也非常好。

"米娜阿姨是做什么工作的？"我问尤努斯。

"塞尔玛，你不记得了吗？"

"我不记得了。"

尤努斯红着脸，盯着屏幕，不再理我。我戳了戳他，觉得这样很好玩："拜托，快说吧！"

尤努斯含混不清地吐出了几个字："性教育工作者。"

"那她具体做些什么呢？"我继续追问。

尤努斯沉默了片刻才解释道："她去学校讲课，介绍关于身体的知识。糟了，要输了！"

"什么?!"我大吃一惊，连忙看向屏幕。

"太晚了，"尤努斯叹了口气，"我们已经输了。"

"对不起！"

就在这时，手机响了起来，爱拉在昨天新建的"侦探群"里发了消息。

> 塞尔玛特工，你在嫌疑人丫那里
> 吗？拿到字迹样本了吗？

没错，我必须完成这项任务。在学校里我没能成功，所以爱拉建议我从尤努斯的房间里偷偷拿走一张有他字迹的纸条。我回复了爱拉的消息，然后环顾四周，开始寻找。

> 是的，我在他家里，等我
> 一下。

尤努斯总喜欢把东西直接扔在地上，米娜阿姨每天都会为此和他争吵。或许，我可以从地上找到一张纸条。

"你在干什么？"当我俯下身去看桌子底下时，尤努斯好奇地问道。

"啊，没什么，"我连忙直起身，把空盘子递给他，"饼干都吃完了，再拿一些来吧。"

尤努斯耸了耸肩，说道："遵命，老板！"然后接过盘子，走了出去。

哈哈哈，我可真是一名优秀的侦探！我迅速站起来，检查尤努斯的书桌。我在书桌上看到了他的作业本，不过这个我可不能带走。

咦，这是什么？一堆五颜六色的纸条，上面还有押韵的句子？

"你还写诗啊？"我好奇地问刚刚拿来新饼干的尤努斯。

"什么？才不是！"尤努斯大叫起来，脸也红了，"这些都是说唱歌词，你不懂。"他戴上连帽衫上的兜帽，遮住额头，然后一把从我手中抢过纸条，把纸条塞进了抽屉。

"这是个人隐私！"说完，他砰的一声关上了抽屉。

这时，米娜阿姨出现在门口，朝我们微笑。她头戴一块花头巾，身穿一件鲜艳的连衣裙，耳朵上戴着一副大耳环，看起来很时髦。

"嗨，塞尔玛，"她友善地冲我打招呼，然后对尤努斯说，"托比亚斯和卡里姆来了。"

我顿时从椅子上弹了起来。

尤努斯看了看自己的手机，说道："啊，我完全忘记了。"

"我们今天不是约好一起玩游戏的

吗？而且你说过，你觉得和他们谈论肌肉之类的话题很无聊。"我质问道。

尤努斯看了看面前的抽屉，解释道："其实我们是想录些东西。"

我恍然大悟："那些诗！"

尤努斯的脸又红了，连忙反驳道："我说过了，那些不是诗！"

"好吧，既然你更想成为一个诗人，而不愿意和我一起玩，我就先走了。"

我抓起一块饼干，有些失望地同米娜阿姨道别。

"是说唱歌手，不是诗人！"尤努斯在我身后喊道，"明天放学后我们还可以一起玩。"

我耸了耸肩，向门口走去。迎面走来的托比亚斯故意用力撞了我一下。我瞪了他一眼，他却举起双手，假装无辜地说道："我不是故意的。"

装得真像！可惜我一时没想到反击的办法。

卡里姆跟在托比亚斯身后走了进来，他笑了笑，冲我打招呼："嗨，塞尔玛。"

我揉了揉肩膀，谨慎地后退了几步，警告他"别来招惹我"，然后迅速穿上了鞋。

"好吧。"卡里姆友好地朝我挥了挥手，然后走进了尤努斯的房间。

他这是怎么了？我一头雾水地抓起外套，又探头朝尤努斯的房间里看了看。

"再见，塞尔玛，"米娜阿姨说，"别理托比亚斯。不要听别人说'男生欺负你，就是为了引起你的注意'。只要他们欺负你，就是他们做得不对。"

就在这时，我的手机又响了。

塞尔玛特工，怎么样了？

我笑着从口袋里掏出一张彩色纸条，拍了一张照片。

搞定！

爱拉回复了两个表情。

充满秘密 嘘…… 的一天

周一早晨，我又要去上学了。

我和尤努斯一起出发。我们俩很少一起去上学，因为我经常迟到，而尤努斯一直非常准时。昨天晚上，我破例提前整理好书包，今天一早就起了床。爸爸早早地就帮我在要带到学校去的面包上涂好了果酱。我们俩都为自己能起这么早感到自豪。

上学路上，我主动找尤努斯聊天，打算假装不经意地问问他关于名单的事情。这是今天一大早爱拉给我布置的新任务。在她发来的信息里，她还特意把"悄悄地"这三个字加粗了。

"尤努斯，我有些事情想问你，不过其实也不是什么特别重要的事情。嗯，是这样，最近托比亚斯、扬和卡里姆，他们也许……不是，其实……"

啊，这一点儿都不"悄悄地"。然而，尤努斯似乎并没有认真听我说话。他红着脸，低头盯着手机，当我看向他时，他迅速按灭手机，装作若无其事的样子。

"你在看什么？"我问他。

"嗯……没什么。"他含混不清地回答。这时，他的手机屏幕又闪烁了一下。

"到底是什么？"我继续追问，试图凑过去瞅一眼。

"我不是都说了吗？没什么。"尤努斯的脸涨得通红。

"告诉我吧，尤努斯。"

"好吧，但是你必须保证，绝不告诉别人。"

我举起手，郑重其事地说道："我保证！"

尤努斯尴尬地把手机递给我。只见托比亚斯发来了几张照片，居然是……

"这是莉莉丝吗？"我大叫道。莉莉丝是和我同年级的同学，她很受欢迎。只见照片里，她穿着有些滑稽的公主裙，背景是由金色的字母气球组成的"Happy Birthday"。

原来是莉莉丝的生日照，我曾听她说过这些照片，她觉得自己那天的装扮太过夸张，所以不准备给大家看。

"天哪，你们怎么会有这些照片？"我震惊地看着尤努斯，"你们究竟想做什么？莉莉丝知道这件事吗？"

看到我的反应如此激烈，尤努斯大叫着想从我手中抢回手机。我迅速把一张照片转发给了自己。

尤努斯辩解道："我也是刚刚才收到这些照片，什么事情都没做，不然我妈妈会打我的屁股的。关于这些，她前几天才长篇大论地教育过我，她说每个人的隐私都应当得到尊重。"

我愤慨地说道："是的，她说得没错。如果我发了你小时候穿着泳裤的照片，你会有什么感觉？"

小时候，我们常常一起去游泳。那时尤努斯总喜欢穿一条上面印着恐龙图案的泳裤，看起来很滑稽。

"我已经很久没有穿过它了，"尤努斯反驳道，"反正也没有人会在意那些照片的。"

我可不这么认为，这些照片会一传十，十传百。

"告诉托比亚斯，他应该立刻把这些照片都删了！"我呵斥道。

尤努斯像一条虫子一样扭来扭去："我们就不能忘了这件事吗？我不会给任何人看这些照片，也不会把它们转发给任何人。"

我怒气冲冲地瞪了他一眼,转身大步朝学校走去。

到了学校,我急急忙忙寻找侦探小组的其他人。

我先看到了爱拉,拼命冲她挥舞着双手,大喊道:"福尔摩斯小姐,侦探小组需要召开紧急会议!立刻!"

爱拉马上反应过来,竖起大拇指:"我这就去召集其他人,两分钟后在指挥中心集合!"说完,她消失在了混乱的人群里。

我们的指挥中心就是卫生间,我在去卫生间的路上碰到了扬和托比亚斯。

"哟,你们又要去开愚蠢的卫生间会议了吗?"扬嘲笑道。

我狠狠地瞪了他一眼,理直气壮地说道:"这不关你们的事!我们要揭露你们的罪行,等着瞧!"

托比亚斯把头发捋到了脑后,一脸坏笑:"你们还在为那份名单伤心吗?它与我们毫无关系。你们这样歇斯底里,只是因为自己的得分太低了吧。"

我怒目而视,而他们俩则在那边互相撞来撞去,嘻嘻哈哈地打闹着。

我想说点儿什么,却一时语塞。他们俩笑着跑开了,一路上还时不时推搡其他同学。

我叹了口气,为自己刚才的语塞感到懊恼。为什么我没能机智地反驳他们呢？

我恼火地打开卫生间的门，找了一间隔间，把有尤努斯笔迹的纸条和我存着照片的手机整整齐齐地放在水箱上。我开始喜欢上这个侦探游戏了。

"塞尔玛特工？"安娜喊道。

"我在这里，到后面来。"我把头伸出隔间，招呼安娜。她微笑着走了过来。她穿着短裤，随着她的走动，我隐隐约约地看到她的大腿上贴着几片创可贴。

"你怎么啦？"我指着她的腿问道。

安娜的嘴角耷拉了下来，慌张地环顾四周。

"只有我们俩。"我告诉安娜。

安娜的眼泪又一次溢满了眼眶："我试着自己刮腿毛，但是搞砸了，在腿上割出了很多小口子。妈妈看到后非常生气，还骂了我，因为我私自用了她的刮毛刀。她说我年纪太小，还不能刮毛。"

安娜难过地望着我，我一时无言以对，不知道怎么安慰她。

就在这时，阿依达和爱拉来了。阿依达看到了抽泣的安娜，轻轻拍着她的背，问道："发生什么事了？"安娜又把她的遭遇重复了一遍。

"你妈妈这次真的很过分。"她一边说，一边给安娜擦眼泪。

安娜点点头，继续说道："最近我越来越频繁地有这样的感觉。她对我真的很严格，我爸爸也是，而且在家里……"这时，有几个女生走进了卫生间，叽叽喳喳地大声说着话。安娜沉默了。

等那几个女生都离开后，爱拉问我："塞尔玛

刮毛

如何操作？

 顺着毛发生长的方向刮。

需使用安全刀片！

刮毛前，在皮肤上涂抹沐浴露或身体乳。

 刮毛的频率最好不要太高。

刮毛后，需要精心保养皮肤。

注意！

有毛发并不意味着不卫生。

毛发并<u>不会</u>加重体味。

 毛发保护着我们的皮肤

特工，听说你有消息要告诉我们？"

我郑重地点点头，骄傲地给她们展示有尤努斯笔迹的纸条。

"我还有一个重大发现，"我急切地补充道，"托比亚斯给尤努斯发了一些照片，是莉莉丝不想公开的那套生日写真。"

"快给我看看！"阿依达喊道。于是大家都凑过来，围着我的手机。

"这张照片是我偷偷用尤努斯的手机转发给自己的。我真是一名优秀的侦探。"

"太棒了！"阿依达和安娜异口同声地夸赞道。只有爱拉严肃地说道："我认为我们现在不该围观这张照片，如果我们也这样做，岂不是就跟那些讨厌的男生一样了？"

我迅速把手机装回了口袋。谁也没说什么。

"莉莉丝是一个很好的人，我不希望她被这样对待。"爱拉低头看向地面。

我提议道："也许我们可以把照片给休贝娜老师看。也许她看了之后会帮我们教训那些男生。"

阿依达摇摇头："别指望她了。"

安娜和爱拉都点头附和："我们应该把主动权掌握在自己手里。等我们把所有的字迹样本都收集完毕，那些男生就无法狡辩了。"

"没错！"我愉快地喊道。

这时，阿依达从她的书包里取出了两张折好的纸条："安娜和我拿到了有扬和托比亚斯字迹的纸条。"

爱拉兴奋地接过纸条，把它们叠得整整齐齐，然后放进了口袋。

"干得漂亮。我会好好保存它们。"说着，爱拉把头转向我，"现在，只差卡里姆的了。塞尔玛特工，你能接受新的任务吗？"

我脸红了，结结巴巴地问道："为……为什么是我？我跟他又不熟。"

爱拉耸耸肩："为什么不能是你呢？你之前的侦探任务完成得非常漂亮，我认为你很有能力。"

"好吧。"我低下头盯着自己的鞋子，而其他人好奇地看着我。

这时，预备铃响了。为了防止上课迟到，我们赶紧收拾好东西，跑向教室。

安娜一边跑，一边喘着粗气对我说："爱拉是福尔摩斯小姐，你是一名优秀的特工，那么我可以成为华生吗？"

"当然可以！"我大声答道。

"那我就是间谍阿依达！"阿依达一边喊，一边加速超过了我们。

我落到了最后，跑步真的不是我的强项。

"等等我！"我大声喊道，跟着伙伴们一起冲进了教室。

放学后，我看到爱拉和莉莉丝在说话，便在一旁等她。等她们结束谈话，我冲爱拉挥了挥手。

"你们认识多久了？"我问爱拉。

"很久了，我们一起练习跆拳道。"爱拉随口说道。

"你还会跆拳道？"我惊讶地看着爱拉，心里有些不舒服，"我以为，我们会把一切都毫无保留地告诉对方。"

爱拉有几分躲闪："对不起，我忘记了。"

我呆呆地看着她。爱拉不是和我无话不谈吗？她为什么不告诉我她和莉莉丝一起练跆拳道的事？我一时不知如何开口，沉默地向前走着。

"关于那些照片，莉莉丝说什么了？"良久，我终于有些烦躁地问出了口。

爱拉一言不发。

"你又不打算告诉我吗？"我更生气了，"那就这样吧！"

　　我怒气冲冲地转身就跑，眼泪夺眶而出。从什么时候开始，我最好的朋友有了我不知道的秘密？

　　天又开始下雨了，我只好去坐公共汽车。秋天真讨厌！

　　这时，手机震动了一下，我收到了尤努斯发来的消息。

真的很抱歉。
卡里姆和我找托比亚斯谈过了，
我们让他把照片删了。

　　卡里姆还是很善良的，这让我感到了一丝欣慰。我回了一个 😊，刚准备把消息转发到我们的侦探群时，就想起了刚刚和爱拉的不愉快。我撇了撇嘴，又把手机放回了口袋。

一时冲动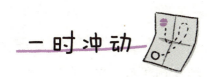

公共汽车终于来了，此时我的头发已经被淋得乱糟糟的，它们湿漉漉地粘在脸上，我的心情更糟糕了。

上了车，我刚在最前排的座位上坐下，就听到有人喊我的名字。我回过头，看到了莎拉，她正不停地向我招手。我马上站起身，向她走过去。

"嗨！"我冲已经戴上耳机的奈丽点点头，又朝莎拉微笑道："我没想到你们会在这个时候坐公共汽车。"

"今天的天气真糟糕，"莎拉熟络地和我聊起天来，"你最近过得怎么样？"

"不怎么样。"我叹了口气。

"发生什么事了？相思病？"莎拉开了个玩笑。

"闺蜜病还差不多。"我又叹了口气。

"你和爱拉吵架了？"

"算不上吵架吧？不过我已经不在乎了。你呢？过得好吗？"

"我很好，"莎拉很少谈论她自己，她压低声音问道，"你的胸部怎么样了？"

我轻声回答："嗯，还好，到现在为止，肿块没有再变大，"我把声音压得更低了，"我的月经也来了。"

莎拉笑了："你感觉怎么样？"

我有些脸红："已经结束了，出血量不算大。我妈妈说我可以把来月经的日子在手机里记录下来，这样就可以提前为下个月做准备了。我正在尝试这么做。"

"你做得很好。"莎拉咧嘴一笑。

回到家，我本想直接躲进自己的房间，可爸爸早就做好了一桌菜在等我。饭菜一如既往地香气扑鼻，在美食的诱惑下，我走进餐厅，和爸爸一起吃晚饭。

爸爸讲了好几个笑话逗我，我的心情渐渐好了起来。

"饿了吧？"

我点点头，爸爸往我的盘子里夹了一些菜，又关切地问道："你今天怎么这么沉默寡言？发生什么事了？"

我很犹豫，然而有些事情不吐不快。我还是有些生尤努斯的气，也不想和爱拉说话。我对爸爸说："爱拉有秘密瞒着我。"

爸爸一边搅拌着盘子里的食物，一边对我说："有些事情，人们会先自己想办法处理好，再告诉别人。"

我不悦地撇了撇嘴："可我和爱拉是无话不谈的好朋友，我们以前会把一切都告诉对方！"

爸爸坐到我身边："你还记得我们家很穷的那段时间吗？你没办法买新书包，也没有钱参加学校的集体旅行。"

"我当然记得。"

"你当时也没有把家里的情况告诉爱拉和尤努斯，对吧？我记得你是等家里的经济情况好转之后才告诉他们的。"

我想了想，点了点头，说："我当时担心他们可能会因为这个不愿意和我做朋友。"

"同样的道理，"爸爸说，"也许爱拉现在的想法和你当时的差不多。"

"但是我想一直和她做朋友，无论发生任何事。"

爸爸笑了："那一旦找到机会，你就把自己的想法告诉她吧。"

"看情况吧，"我叹了口气，"如果我们能和好的话。"

"一定能。你们过去吵过那么多次架，最后不是都和好了吗？"爸爸嘴里塞满了食物，说话的声音有些含糊。

他又拿起手机征求我的意见："我们要不要和妈妈视频一会儿？"

"好啊！"我真的很想见到妈妈，即使只能通过屏幕看看她。

晚上，我躺在床上，什么都不想做。爸爸试图劝我整理房间，我拒绝了。我向他解释，我的房间其实乱中有序，每样东西都在它们该在的地方。爸爸最终妥协了，跟我约好周末一起打扫卫生，他打扫他的房间，我打扫我的房间。

到时候再说吧。我打开一本书，试图读几页，却看到手机屏幕闪个不停。

我瞥了一眼屏幕，差点儿把手机扔了出去。这都是什么啊？！

莎拉发来了几个短视频，是电视剧里的吻戏片段。又来了，她怎么又在说接吻的事？不过，如果我这么做了，就有了一个爱拉不知道的秘密了。

我想到了尤努斯，毕竟他是我最熟悉的男生。尽管尤努斯因为照片的事已经向我道过很多次歉，但我还在生他的气。不过现在顾不了这些了。

> 这周六我想去你家玩游戏，可以吗？

我拿起手机，给尤努斯发了一条信息。我犹豫了一下，接着发了一个😘的表情。刚按下发送键，我立刻为自己的决定感到后悔。啊，我做了什么？我必须删掉它，太丢人了！

然而尤努斯已经回复了。

> 好的。

这是什么意思？

要是我能把那个表情撤回就好了。

我的心怦怦直跳。我是真的想吻尤努斯，还是只想拥有一个爱拉不知道的秘密呢？

正当我胡思乱想时，我的手机又震动了。

> 我们这周六评估字迹样本？你们
> 也可以在我家过夜。

是爱拉发在侦探群里的消息。我现在根本不想
搭理她，但阿依达已经迅速回复了。

> 好啊！不过过夜不行，周日我要早起学习。

安娜紧接着也回复了。

> 我不确定我爸妈会不会同意我在你家过夜，
> 不过我周六白天可以去。

我不知道该回复些什么，想了想，敷衍地在对
话框里敲了两个字。

之后我就关了机，用被子蒙住头，尽量不去胡
思乱想。

任务和
手机号码

　　布洛姆老师已经滔滔不绝地讲了 40 分钟，而我完全不明所以。阿依达和安娜在桌子底下玩牌，爱拉和我互相爱搭不理，托比亚斯朝坐在他前面的倒霉蛋贾斯米扔纸球，扬似乎睡着了，卡里姆盯着天花板。班里的其他人也都昏昏欲睡。我盯着布洛姆老师背后的时钟，一秒一秒地数着时间。

　　下课铃声一响，所有人都按捺不住地跳了起来。布洛姆老师生气地大喊："我还没有宣布下课！"不过没人在意他说了什么。

　　课间休息时，阿依达向安娜、爱拉和我招手："伙伴们，最近怎么样？有什么新消息吗？"

　　我犹豫了一下，还是说了出来："卡里姆和尤努斯去找了托比亚斯，让他把莉莉丝的照片删了。"

爱拉很惊讶："真的吗？"

"是的。"我回答。

"希望他确实这么做了。要是我们能拿到他的手机，检查一下就好了。"阿依达望向聚集在走廊另一端的男生们，而他们也正望向我们。

"算了吧，"安娜摇摇头，"卡里姆像守护宝贝一样守着手机。"

"我可以再问问尤努斯。"我提议。

爱拉称赞道："如果能这样，那真是最好不过了。"我点点头，却没有看她。

"卡里姆的字迹样本拿到了吗？"阿依达充满期待地看着我。

我支支吾吾地说道："嗯……我，我本来想今天去做的，但因为一些事情耽搁了，还没有去。"

阿依达点了点头。

"明天我一定会去试试的。"我保证道。

不过，不用等到第二天，机会就来了。我们讨论完周六的侦探会议计划后，卡里姆还在学校里。

好吧，机不可失，时不再来。我鼓起勇气，正要向他走去，没想到他却先我一步，朝我走了过来。

"嗨，塞尔玛，你也去坐公共汽车吗？"

我摇了摇头。今天天气很好，我不想坐公共汽车，准备步行回家。然而，我突然想起了自己的任务，连忙改口道："啊，没错！我要去坐公共汽车。"

于是我们一起向车站走去。尴尬的沉默笼罩着我们。我的大脑飞速运转，思考究竟怎样才能得到字迹样本。

"你今天学到了什么？"卡里姆朝我咧嘴一笑，试图找话题聊天。

我答道："可多了。布洛姆老师的课真是太有趣了，关于他说的……那个……"

"法治的基础。"卡里姆接道。

我目瞪口呆地看着他。这是什么？为什么我一点儿印象都没有？

卡里姆似乎看穿了我的心思，笑了笑："他讲得真的很有趣。"

"你居然认真听课了？"我有些惊讶。

卡里姆点点头："至少尝试过了。我对政治和历史都很感兴趣。不过，要想在布洛姆老师的课上坚持不睡着，还是很困难的。"

卡里姆居然对政治和历史感兴趣，这实在是出乎我的意料。

爱拉所有科目都很出色，每堂课都认真听讲。和卡里姆一样，她也喜欢政治和历史。阿依达有数学天赋，安娜擅长画画。也许只有我对什么都不感兴趣？不过事实可能并非如此，我很喜欢写故事和读诗。

卡里姆和我再次陷入沉默。我究竟怎样才能完成侦探任务呢？

"嗯……你有没有把回家要写的作业记在一张纸上？"想了半天，我总算想出来了一个办法。

卡里姆摇了摇头。糟糕，好尴尬！

"这样啊，嗯……那你能不能帮我……写点儿什么？"我吞吞吐吐地问道。

话一出口，我就后悔了。啊，我说了什么？

卡里姆看上去十分疑惑："写些什么？"

我只能硬着头皮接话："那个，可能，也许你可以给我……"糟了，我的大脑一片空白，而卡里姆正满怀期待地看着我。

"……写一下你的手机号码。"我灵机一动，脱口而出。啊，不，我说了什么？这个场面实在是尴尬到了极点！

卡里姆有些不好意思地笑了笑："好啊，把你的手机给我吧。"我不明所以地看着他，为什么他问我要手机呢？

"我可以把我的号码输入进去。"见我迟疑，卡里姆解释道。

不能这样！这样一来，我的任务就要失败了。

"不行，"我连忙说，"我的手机没电了。"我抓起背包，从包里掏出了一张纸和一支笔，递给卡里姆。

卡里姆写下了自己的手机号码，然后把纸条还给了我。

"我还需要你的字迹……啊，不，我的意思是，你能把你的名字也写上去吗？"

他看上去有些困惑，笑了笑："怎么，如果不写上名字，你会忘记这张纸条是谁给你的吗？"

"是的，没错，"我用笔敲了敲自己的头，"我的记忆力不太好。"

卡里姆狡黠地朝我眨了眨眼睛："真的吗？我还以为，是因为你在口袋里藏了很多写着男生手机号码的纸条呢。"

"这也是一个原因！"我刚说完，我们俩都笑了起来。

拿着纸条，我感到有些难以置信——我真的问卡里姆要到了手机号码？

"我等的车来了！"卡里姆突然喊道，"抱歉，我要先走了，不然下一趟车要等一小时。"说完，他向公共汽车跑了过去。

　　我点点头，轻声说："好的，再见。"卡里姆可能没有听到我的声音。我脸涨得通红，转过身，迷迷糊糊地朝家的方向走去。

现在还不是时候

接下来的几天我都无法停止胡思乱想，手机号码、爱拉、莉莉丝……这些词总是在我休息的时候突然浮现在脑海。

爱拉和我还是老样子，我们几乎不搭理彼此，一直回避对方。看到我和爱拉这样僵持着，安娜关心地问过我几次，但我避而不谈。我连续几天都给莎拉发信息，和她漫无目的地聊各种事。

令我困惑的不止人际关系。在学校里，我要学习一大堆新东西，糟糕的是，我能听懂的内容还不到一半，所以很难跟上学习进度。回家后，爸爸尽力帮我讲解，但我们很容易吵起来，因为爸爸常常批评我注意力不够集中。

之前，我总是和爱拉一起学习，但现在我不想问她任何问题。她肯定每天都和她的新闺蜜莉莉丝一起学习。

不去学校的时候，我只能一个人待在家里。爸爸最近总是出去开会，妈妈也一直没回来过。这一切都让我的心情很糟糕。我一个人在家的时候就看电视，努力不去想关于爱拉的任何事。

到了周六，我紧张地朝尤努斯家走去。米娜阿姨和我打了声招呼，并且给我泡了茶。

"最近在学校里过得怎么样，塞尔玛？"米娜阿姨关心地问道。

我哀号一声："别问我这个。我感觉我的大脑比其他人的都要小。"

米娜阿姨笑着摇了摇头："不要这么想。也许是你对自己的要求太高了，谁能一下子做好所有事情呢？"

我喝了一口茶，连连点头："就是啊，我们有那么多作业和考试。每天大部分时间都在学校里上课，我几乎没时间做其他事情。不仅如此，我还有很多烦心事。"

米娜阿姨看着我，似乎在用眼神追问。

"也没什么，就是和朋友闹矛盾、和父母起争执之类的。"我解释道。

米娜阿姨靠近我，小声说道："告诉你一个秘密。有些人说，青春期是人一生中最美好的时光，这种说法其实不完全正确。也许你长大成人之后的生活会更美好，你将变得更加放松，不再感到不知所措。那时，你可以自己做决定——吃什么，怎么生活，去爱谁，想成为什么样的人……最重要的是，你知道自己想要什么。不过现在，你可以通过沟通解决与父母或朋友之间的问题。只有直截了当地告诉他们你的感受，他们才能了解你，你才能解决问题。"

听起来很有道理，我真诚地向米娜阿姨道谢。她满足地笑了。

"去找尤努斯玩儿吧。一会儿见，塞尔玛。"

"一会儿见。"说完，我走进了尤努斯的房间。

尤努斯并没有到门口来接我，而是一直坐在他的游戏机前。我向他走过去的时候，他轻轻冲我点了点头，但眼睛依然没有离开屏幕。我就这样坐到他旁边，看他打游戏。然而，我刚向他靠近了一点点，他就生气地瞪了我一眼。我连忙退后。

"我们马上就可以一起玩了，等我打完这局。"他一边说，一边疯狂地摁着游戏机手柄。

"好的，"我说道，"不过，我觉得我们今天可以做些不一样的事情。"

尤努斯又继续玩了一会儿才转向我，问道："做什么？"

"你已经知道了吧？"

他摇了摇头："知道什么？"

难道他根本没有看懂我发的表情？好吧，只能开门见山了。

我深吸了一口气："我觉得，我们可以接吻。"

"什么？！"

"难道你都忘了？我那天还特意给你发了亲吻的表情。"

"你在说什么？我什么都不知道！"

好吧，看来我不是唯一脑容量过小的人。

"那个表情是我前几天跟你约定玩游戏的时间时发给你的。我觉得我们熟悉彼此，而且正在慢慢长大成人，所以我想像电视剧里演的那样，尝试一下接吻。"

尤努斯看上去更疑惑了："我们确实很熟，我也承认我不讨厌你。但我们为什么要接吻？这跟长大成人没关系吧？接吻应该是两个互相喜欢的人做的事，我是说，'那种'喜欢。我现在还不能理解那种感情，我觉得你也是。"

轰——我简直能听到血液涌向头顶的声音。天哪，太尴尬了！接吻当然是两个彼此喜欢的人才会做的事，当然不是长大了就必须做的事。我当然知道这些了！天哪！我到底为什么要跑到尤努斯家来对他说这些话啊？

　　万幸的是，尤努斯打破了这种尴尬的局面："我觉得现在还不是讨论这个话题的时候，不如再开一局游戏吧。"他把另一个手柄递给我。

　　"好主意，我们快开始吧。"我接过手柄，心情忽然放松下来。

爱与爆米花

周六下午，我带着卡里姆的字迹样本，紧张不安地去找爱拉。卡里姆的电话号码已经被我事先撕掉了，纸条上只有他的名字。

我按响了门铃，爱拉的妈妈热情地来迎我。门一开，美食浓郁的香气便扑鼻而来，闻上去像她常做的辣酱的味道。每当爱拉的小伙伴来玩，爱拉的妈妈总会为大家准备美食。

"快进来！"招呼我之后，爱拉的妈妈就飞快地跑进了厨房。

餐桌上摆着各种各样的食物，几个饥肠辘辘的人围坐在桌旁。

"你终于来了，"阿依达说，"我们快开动吧！"她立刻开始往盘子里夹食物。爱拉向我招招手，安娜看上去有些魂不守舍。我和她们打过招呼之后就坐下了。

爱拉的妈妈为我们端来了柠檬水。"真好吃，太感谢您了。"阿依达嘴里塞得满满的，含混不清地说道。

爱拉的妈妈笑道："我很高兴你们喜欢，尽情享用美食吧。"她满怀爱意地摸了摸爱拉的头，然后走了出去。

"你拿到卡里姆的字迹样本了吗？"爱拉的妈妈刚离开，阿依达就迫不及待地问我。我骄傲地点了点头。大家都鼓起了掌。

"太好了！"爱拉赞许地冲我一笑，"那我们马上就可以开始工作了。"

急性子的阿依达已经开始比对字迹了。

"别急嘛，我还想先吃点儿东西呢。"我盛了一大碗米饭，却看见安娜在她的饭碗里戳来戳去。

"怎么啦？"阿依达问安娜，"你觉得饭菜不好吃吗？"

"挺好吃的，"安娜说完，吃了一小口，"我只是不太饿。"

阿依达摇了摇头："这可不太礼貌。爱拉的妈妈做饭那么辛苦，你怎么能就吃这么一点儿呢？"

安娜的眼里顿时涌出了泪花。爱拉马上把手放到她的肩膀上，安慰道："没关系，别放在心上。"安娜点了点头，但她的双眼还是湿漉漉的。

为了转移话题，我赶紧问道："那么我们今天的计划是什么呢？"

爱拉立刻反应过来，拿来了她的侦探文件夹："首先，我们要把名单中的每个字都和字迹样本进行比对。我还特地找来了一个放大镜。"

"如果名单中的字和字迹样本中的某个字出自一人之手，那么我们就有证据来证明写名单的人是谁了。"我补充道。

阿依达举起了手："我已经想到了一个非常好的复仇计划。"

"想说就说，不用举手，我们现在又不是在上课。"爱拉笑道。

"你说这话的语气倒像个老师。"阿依达调侃爱拉。我们大家都笑了起来。

吃完饭，我们爬到了屋顶上，坐在屋顶边缘，悠闲地把腿垂下去晃荡。爱拉还准备了爆米花和柠檬水。

这真是一个美好的秋日，阳光透过屋子周围的橘黄色树叶照过来，晒得我浑身暖洋洋的。我喝了一大口清甜、冰凉的柠檬水，又抓了一大把爆米花，心满意足地呼出一口气。阿依达和爱拉咯咯咯地笑着，在玩放大镜；安娜则戴上了一顶福尔摩斯常戴的那种帽子，那是爱拉的舅舅为了庆祝她的生日，特意从伦敦带回来的。

"我们开始吧，"过了一会儿，爱拉一本正经地拿出了那些字迹样本，"我们该完成侦探任务了。"

我们开始一起比对字迹，试图弄清名单究竟是谁写的。扬和托比亚斯的字迹很快就被爱拉分辨出来了。

"我就知道！"阿依达义愤填膺地喊道。

爱拉愠怒地看着名单："可我不太确定第三种笔迹是谁的。"

安娜在纸条上疯狂地涂涂写写，临摹不同的字。"啊！"她突然大喊了一声，又似乎被自己的喊叫声吓到了。"这两个字绝对是卡里姆写的。"她压低声音继续说道，不过听上去还是很激动。

幸好，尤努斯的字迹不在其中。

"你怎么啦？"安娜关切地摸了摸我的肩膀。

"没什么。"我急忙回答，"现在我们来听听阿依达的复仇计划吧。"其他人都连连点头。

阿依达讲述了她的计划。随后，爱拉拿出了她的蓝牙音箱，放起了音乐，她和阿依达在夕阳中随着音乐的节拍挥舞着双手。我牵着安娜的手，加入了她们。安娜一开始有些抗拒，不过之后也尽情地投入其中。

　　"和你们在一起，我真的很开心。"安娜大声说道，"如果没有你们，这份可恶的名单会让我更受挫。"

　　爱拉认真地看着她，问道："那你现在感觉怎么样？"

　　安娜也认真地回答："嗯，你知道的……"她哽咽了，一滴眼泪沿着她的脸颊滑落下来，她急忙把它擦掉。

　　"哎呀，姐妹们，我又哭了。"

　　阿依达安慰安娜："哭泣是人产生负面情绪时自然而然的反应，它反映了我们的内心，是完全合理的。"

　　这可不像阿依达会说出来的话，我们都惊讶地看着她。

　　"怎么了？我奶奶总是这么说。" 阿依达不解地看着我们。

　　"没什么，"爱拉感慨道，"这句话说得真好，事实确实如此。"

安娜任由她的眼泪肆意流淌："爱拉，我真的感到很抱歉。食物的味道好极了，之前我吃得很少，并不是因为我没礼貌，而是因为我觉得自己已经很胖了，我在尽量控制自己不要吃那么多东西。"

安娜抽泣了几声，继续说了下去："我妈妈总说我应该减肥。大家都喜欢瘦瘦的女孩，还有那份可恶的名单……"

爱拉靠近安娜："我可以抱抱你吗？"

安娜点点头，大颗眼泪顺着她的脸颊滚落。爱拉轻轻拍着安娜的后背，柔声安慰道："别听你妈妈的。"

阿依达又有些生气了："这份名单实在是太可恶了。安娜，自己的身体自己做主，为什么要在意别人的看法呢？"

我完全不知道该说些什么好，犹豫了片刻，我终于开口说道："安娜，我觉得你很漂亮。"

"没错！"阿依达大声附和道。

爱拉也点点头，补充道："而且你聪明、可爱又幽默。"

"为什么那些人只看外貌呢？"阿依达愤慨地说道，"他们从不关心我们的内在。"

我们都仰面躺在屋顶上，望着傍晚的天空。

"我的胸口长了两个肿块，"我突然说道，"但它们看起来一点儿都不像乳房。真的好尴尬，我现在只敢穿宽松的衬衫。不仅如此，我还来了月经。我也不知道该怎么描述，就是觉得我的整个身体简直……太奇怪了。"我仿佛打开了话匣子，滔滔不绝地说着。

"我也有这样的感觉。"说完，爱拉冲我一笑。夕阳的余晖照在她的长发上，她的眼睛熠熠生辉。我对她回以微笑，我知道，我们已经和好了，她一直是我最好的朋友。

"自从我的……那个……乳房长大了，我就完全不知道该穿什么了。我不想有乳房。我希望它们能一直小小的，不要再长大了。"爱拉看上去有些害羞。

安娜向往地说道："希望有一天，我可以变得又高又苗条。这样，男生们就可以给我打 10 分了。"

阿依达坐起身，翻了个白眼："你怎么还没忘掉那些分数？"

安娜看上去有些沮丧，"我还是很在意。外貌对我很重要，我希望别人会因此喜欢我。"

"胡说，"阿依达打断了安娜的话，"如果有人只是因为我的外貌喜欢我，我才不稀罕呢。我希望别人因为我的内在而喜欢我。"说着，她指了指自己的脑袋和胸口。

"你真的很有想法！"爱拉夸赞道。

安娜羡慕道："我也想这么自信。"

阿依达耸了耸肩："你不自信，可能是受到了你妈妈的影响。你妈妈似乎对你很苛刻。"

安娜难过地点点头，又说道："电视剧里的人和在社交网络上发照片的人都好瘦啊。"

我也点点头："没错！所有人看上去都那么完美，都那么快乐，这让我觉得不舒服，好像如果我不像他们那样，就有问题一样。"其他人也都深以为然。

我们彼此紧紧地依偎在一起。突然，一颗爆米花砸在了我脸上，打破了沉默而低落的氛围。

"嘿！"我大喊道，阿依达放声大笑。她一边把一大把爆米花扔向安娜，一边大喊："来呀，爆米花大战！"我们把剩下的爆米花全都扔向了阿依达，她边笑边躲。

"伙伴们！这是多么美好的一天啊。不过我真的该回家了。"打闹过后，阿依达说道。

安娜看了眼时间，大吃一惊："天哪，都这么晚了，我也该走了。"

最后，只有爱拉和我还留在屋顶上，我们肩并肩地坐在一起，气氛一时有些尴尬。

爱拉问道："塞尔玛，你愿意留在我家过夜吗？"

我点点头："当然愿意，可我没带洗漱用品。"

"没关系，"爱拉说道，"我可以把我的借给你。"

说完，我们又沉默了，不知道该说些什么好。爱拉玩着屋顶的一粒小石子，我低头看着自己的手机，尽管一条新消息也没有。

"那个，对不起，我没有告诉你关于莉莉丝的事情……"爱拉突然开口，"只是因为，嗯……"

"没关系，你不必告诉我了。"我说道。

"不，"爱拉坚定地说道，"我想告诉你。我之前没有告诉你，只是担心你会不开心。"

"好吧。"我耸了耸肩。

"有一次，莉莉丝和我聊天，问我想不想和她一起练跆拳道。尝试之后，我爱上了跆拳道，也因为共同的兴趣爱好和莉莉丝成了非常要好的朋友。"

我专注地看着爱拉："你现在觉得她是你最好的朋友？唯一的好朋友？"

爱拉冲我做了个鬼脸："我也不知道。这件事让你感觉很糟糕吗？"

我摇摇头，又问道："如果我有别的好朋友，你会生我的气吗？"

爱拉笑着打趣道："不，除非你和一个男生恋爱了。"

我想到了卡里姆、扬和托比亚斯，连忙否认："我才不会呢！"

我想了想，又继续说道："男生真的很奇怪，有时很可恶，不过有时候也不赖……实际上，好像所有人都是这样的。对了，我还有件事要告诉你。"

我像竹筒倒豆子一样滔滔不绝地说了起来："我竟然跟尤努斯说要跟他接吻！因为我当时跟你赌

气，想有一个你不知道的秘密。不过后来我发现自己并不想亲吻他，尤努斯也一样。我一直想把这一切都告诉你，但之前没找到合适的机会……"

爱拉惊讶地看着我。

我沉思片刻，说出了自己的想法："关于爱，嗯，我认为一个人可以爱很多人，父母、兄弟、姐妹、祖父母、好朋友……我也爱美食，以及我可爱的抱枕'小草莓'。然而，恋爱是完全不同的，不是吗？相爱的人会牵手，拥抱，亲吻，还会做很多其他的事情。虽然我和尤努斯很熟，但是我并不想亲吻他。我也不想亲吻我的闺蜜们，尽管我跟她们的感情很好……不过没关系，我还有很长时间来想清楚我到底想不想谈恋爱，以及想和谁谈恋爱。"

爱拉松了一口气："听起来很棒，不过你想的可真不少啊！"

我们相视一笑。我如释重负："太好了，我终于把一切都告诉你了。"

爱拉用力点点头："我也很开心。"

象棋与医生

晚上，我和爱拉一起看了一场电影，我们笑得非常开心，直到爱拉的妈妈关了灯我们才睡觉。第二天，我们都起得很晚，我吃了一顿丰盛的早餐之后才回家。

我们能再次和好真是太好了。在回家的路上，我兴奋地给莎拉发信息。

我和尤努斯谈论了接吻，但我感觉还没有准备好和任何人接吻。

莎拉立刻就回复了我。

你一定要把一切都告诉我！ ♡ 我已经迫不及待了。

和爸爸一起待在家里很舒服。每个周日，我们都会玩些游戏或者看看老电影，所以周日是我每周最喜欢的一天。

和爸爸各自打扫过房间后，他提议下国际象棋。

"你和爱拉怎么样了？"爸爸问道。

"我们已经重归于好了。"我边回答边摆好了棋盘。几年前，爸爸教会了我下国际象棋。以前和他下棋时，我一直是个常胜将军，所以我一直觉得自己下得很棒。然而，有一次旁观他和妈妈下国际象棋时，我才意识到他一直在让着我。

后来，爸爸发挥出了他的正常水平，我就一直输，但我反而觉得更有趣了。我不断尝试，想真正赢他一次。虽然我的国际象棋水平和我的数学水平一样糟糕，但是我从未放弃。

"后来呢？你们还聊了什么？"爸爸移动了一个棋子，然后看向我。我一脸疑惑。

"嗯，你们有没有聊到月经和肿块……"他犹豫了一下，继续说道。

"没有！"我打断爸爸的话，"我觉得没什么好说的。"

"好吧。对了，妈妈马上要打电话过来了，你想和她再谈一谈吗？"

　　我气呼呼地走了一步棋："不，我才不想！我不想和她说话！"

　　昨天妈妈在电话里说，她的工作量暂时无法减少，还是只能像现在这样，很少回家。

　　"妈妈也是没有办法，"爸爸安抚我道，"她必须完成这个项目……"

　　我大声喊道："我才不在乎！"

　　爸爸垂下了肩膀，叹了口气："我知道，你很想念她。"

　　"我才没有！"我推倒了自己的棋子。

　　爸爸耐心地把它们摆了回去，说道："我约了妇科医生。我陪你一起去，好吗？"

　　"不然还有谁能陪我去呢？"我突然大声喊道，爸爸吓了一跳。

　　"算了，不重要。"我又让步了。

　　"我们一定能行。"爸爸向我报以鼓励的微笑。我不情不愿地点了点头。说完，我们又接着下棋了。

复仇与黏液

周一早上一醒来，我就兴奋难耐，因为今天是我们复仇的日子。

我偷偷溜进卫生间，把爸爸的剃须膏悄悄藏进书包。我还从厨房里拿了一些小苏打。阿依达昨晚就给我们发了详细的清单，上面写了每个人要带哪些东西。我们约好上课前四十分钟见面。

我们一如既往地在秘密基地集合。爱拉带了一个桶，里面装着绿色颜料。阿依达带了胶水，安娜带了隐形眼镜护理液和闪光粉。

"出发！"阿依达摩拳擦掌。

安娜似乎有些犹豫："我们真的要这么做吗？"

我没有异议。爱拉坚定的目光扫过每个人："如果我们遇到麻烦了，就齐心协力一起解决，好吗？"

"必须的！"我大声喊道。大家脸上都洋溢着兴奋的笑容。

　　三十分钟后，我们躲到了教室里的柜子后面。我们知道，每周一一大早清洁工都会来打扫卫生，所以每周一教室都会提前开门。

　　"你给卡里姆发消息了吗？"阿依达问我。

　　"发了。"我答道。

　　昨天晚上，我以侦探小组的名义给卡里姆发了消息，问他能不能跟扬和托比亚斯一起，提前十分钟来教室，我们想和他们谈一谈。我还写道，我们几个女生不想再和他们继续闹矛盾了。为了吸引他们，我甚至谎称我们准备了一份礼物。

我原以为卡里姆会一眼看穿我的小把戏，然后拒绝我。没想到，他却说他们会来，而且他想好好向我们道歉。我心里有些愧疚，但也只是"有些"，因为我确信，扬和托比亚斯是绝对不会道歉的。

"他们在哪里？"安娜从柜子后面探出脑袋，阿依达立刻把她拉了回去。

"小心！他们会看到你的！"

爱拉紧张地看着她的手机："糟了，还有七分钟预备铃就要响了。"教室里现在空无一人，因为大家通常都在预备铃响了以后才会陆陆续续进教室。我不安地和爱拉对视了一眼。

"如果其他人先进了教室，我们该怎么办？"安娜十分担心地问。

就在这时，我们听到了脚步声，安娜顿时紧张地安静了下来。

"我们开始吧！"阿依达无声地说。

托比亚斯的大笑声传来，我松了口气，其他人也笑了。然而，男生们在教室门口停了下来，并没有进来。

"我们来了。"卡里姆说道。

"我可以道歉，反正是你们先认输的。"扬的语气听起来十分轻蔑。

"让我们来看看你们准备的礼物吧，"托比亚斯嘲讽道，"不过我才不会道歉。"

卡里姆叹了口气。我希望他不是第一个进来的人。我悄悄从柜子后探出头，偷偷看了一眼，发现托比亚斯走在最前面，扬紧随其后。我努力忍着不笑，其他人也用手捂住了嘴巴。

就在托比亚斯打开教室门的一瞬间，砰——只听一声巨响，接着便是一阵沉闷的撞击声和一声怒吼。架在门上的水桶掉了下来，里面绿色的黏液淋了男生们满头满脸。我们从柜子后面跳了出来，把手中的闪光粉丢向男生们。闪光粉覆盖在黏液表面，他们三个看上去就像刚刚被怪兽吐出来一样。

扬和托比亚斯一边大声叫嚷，一边朝我们冲了过来，我们惊慌失措地跑开了，只有卡里姆还站在原地。他身上没有沾到太多黏液，只有脸和毛衣泛着绿光。他笑了起来，大声说："我早就预料到了。其实，我一直都想为那份名单道歉，我们真不该做那种事。"

"这还差不多！"我一边跑，一边理直气壮地应道。

"我爸爸是律师！我要起诉你们！"托比亚斯大叫道。

阿依达嘲笑道："为了这点儿黏液上法庭，亏你想得出来！"

安娜和爱拉一边躲避追赶她们的扬，一边尖叫。扬大笑着说："这次算我们扯平了？"

"没门儿！"阿依达喊出了这句之后，也扑哧一声笑了出来。

卡里姆和我也大笑起来。

"你们在干什么?！到底发生了什么事？"突然响起一声惊呼，把我们大家都吓了一跳。原来不知什么时候，休贝娜老师和班里的其他同学都聚在了走廊上。黏液大战宣告结束。

"没什么……"安娜一边说，一边用脚把桶踢到了柜子后面。

休贝娜老师双手叉腰，怒气冲冲地走进了教室，她一眼就看到了我们在黑板上写的字："卡里姆、托比亚斯和扬：0 分！"

"你们就是这么处理名单事件的吗？真是太过分了！"

阿依达举起双手，做出投降的样子："只是微不足道的恶作剧而已。就像休贝娜老师说过的那样，女生就是会做这些事情。"

休贝娜老师一时哑口无言。顿了顿，她生气地命令道："你们所有人，塞尔玛、爱拉、阿依达、安娜、卡里姆、扬和托比亚斯，现在立刻把这里收拾干净！除此之外，集体旅行时，你们要负责做早餐，每天早晨！"

"我们要去集体旅行了？"我兴奋地大叫。全班同学哄堂大笑。

"安静！"休贝娜老师严厉地说道，"我现在正式通知，我们去厄尔士山徒步。"

全班一片哀号。等我们好不容易安静下来，休贝娜老师才悠悠地开口说："刚才我只是跟你们开了个玩笑，其实我们要去滑雪，和 7 班一起。"大家又欢呼雀跃起来。

"安静！"休贝娜老师大喊道，然后往我手里塞了一把扫帚，"你们几个，现在就去打扫卫生！其他人都坐好！"

我偷偷溜到爱拉旁边，在她耳边悄悄说："莉莉丝就在 7 班，看来她会和我们一起滑雪。"

爱拉会心一笑。

一个仓促的结尾

　　我迫不及待地想把这几天发生的事情全都告诉莎拉。想到即将到来的集体旅行，我心潮澎湃。整整一个星期都可以和伙伴们待在一起，还能滑雪，简直太棒了！

　　今天，妈妈终于可以回家了，我开心得手舞足蹈。尽管我还有些生她的气，但见面的喜悦更胜一筹。突然，一只手臂搂住了我的肩膀，是爱拉。阿依达挽着爱拉的手臂，安娜走上前来，指了指我的脑袋："你这里还有黏液。"

　　我一边笑，一边把头发清理干净，安娜也笑了。

　　"我真的好期待集体旅行！"阿依达兴奋地大喊，挽着爱拉摇摇晃晃地向前走。

　　"没有爸爸妈妈在身边的一周，简直不敢想！希望他们能允许我参加。"安娜激动地说道。

爱拉点点头："一定会的！如果你需要，我们可以一起去找你妈妈谈一谈。相信我，只要我们一起，任何事都不成问题！"

"没错！"说完，我换了个话题，"你们知道吗？明天是我长这么大以来第一次去看妇科医生……"

正因为我的朋友们是世界上最棒的人，我才敢向她们说这些话。

安娜瞪大了眼睛："因为月经？"

我点点头。

"我来月经已经有一段时间了。我的内心常常焦躁不安，小腹也会时不时地疼痛，但是我还不想去看医生。"阿依达说道。

"我妈妈说热水袋能够缓解小腹疼痛。"我和伙伴们分享。

"或者平时适度运动一下。"爱拉补充道。

"你也来月经了吗？"安娜问爱拉，"我的月经还没有来，看来我比你们晚。"

爱拉摇了摇头，"我的还没来，但我看过一本关于生理期的书。安娜，你不用着急，每个人的情况都不一样。"

"我还希望它可以晚点儿来呢。"我插了句话，阿依达也表示认同。

我们放慢了脚步，尽情享受秋日的暖阳。

"说吧，塞尔玛，"阿依达笑眯眯地看着我，"你是不是喜欢卡里姆？"

我尖叫着否认道："才不是！"

"看，塞尔玛害羞了。"安娜笑着挠我的痒痒，我也挠了回去。然后，我迅速转移话题："你们会滑雪吗？"

所有人都摇头。

"我连滑雪服都没有。"阿依达撇了撇嘴。

我们哈哈大笑，想象大家都穿着秋装，跌跌撞撞地从山坡滑下去，那将是怎样一副惨状啊！

爱拉和我手牵着手。一阵风吹过，树叶被卷了起来，我们一路说笑着离开了学校。在接下来的几周里，又会有什么样的故事在等待着我们呢？

著作权合同登记号　图字：01-2022-7143

图书在版编目（CIP）数据

12岁的滋味好像怪味豆 / （奥）劳拉·梅利娜·贝林著；（奥）汉娜·勒德夕绘；潜石译 . —北京：北京科学技术出版社，2023.6（2024.11重印）
ISBN 978-7-5714-2831-0

Ⅰ. ① 1… Ⅱ. ①劳… ②汉… ③潜… Ⅲ. ①青春期 - 健康教育 Ⅳ. ① G479

中国国家版本馆 CIP 数据核字（2023）第 007038 号

策划编辑：邢伊丹　刘力玮	**电　话：**0086-10-66135495（总编室）
责任编辑：左　颖	0086-10-66113227（发行部）
责任校对：贾　荣	**网　址：**www.bkydw.cn
封面设计：刘邵玲	**印　刷：**北京捷迅佳彩印刷有限公司
责任印制：李　茗	**开　本：**889 mm × 1194 mm　1/32
出 版 人：曾庆宇	**字　数：**65千字
出版发行：北京科学技术出版社	**印　张：**4
社　址：北京西直门南大街16号	**版　次：**2023年6月第1版
邮政编码：100035	**印　次：**2024年11月第3次印刷
ISBN 978-7-5714-2831-0	

定　价：69.00元

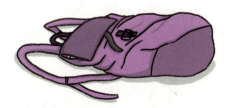